CW01624665

Carte
Pentru
Toți

Richard Flanagan (n. 1961, Tasmania), romancier, jurnalist și regizor de film, este considerat unul dintre cei mai buni scriitori australieni ai generației sale. Descendent al unei familii irlandeze deportate în Tasmania în secolul al XIX-lea, Flanagan își încheie studiile cu o bursă la Universitatea din Oxford. Pasionat de peisajele sălbatice ale țării sale, participă la expediții cu canoe pe râurile insulei natale, care vor deveni o importantă sursă de inspirație pentru romanele sale.

Devine cunoscut în 1994 cu primul său roman, *Moartea unei călăuze pe râu* (*Death of a River Guide*), iar în 1997, cel de-al doilea roman, *Să bați din palme cu o singură mână* (*The Sound of One Hand Clapping*), este recompensat cu premiile Australian Booksellers Book of the Year Award și Vance Palmer Prize for Fiction. În 1998, adaptarea pentru marele ecran a acestui roman, ale cărei scenariu și regie le semnează scriitorul însuși, este nominalizată la premiul Ursul de Aur la Festivalul de la Berlin. Succesul este confirmat de critică la apariția celui de-al treilea roman, publicat în 2001, *Cartea cu pești a lui Gould* (*Gould's Book of Fish*), recompensat în 2002 cu Commonwealth Writers' Prize. Romanul publicat în 2007, *Teroristul necunoscut* (*The Unknown Terrorist*), este la rândul lui un succes mondial, fiind urmat, în 2008, de volumul *Dorință* (*Wanting*). În octombrie 2014, Flanagan primește Premiul Man Booker pentru romanul *O cale îngustă spre nordul îndepărtat* (*The Narrow Road to the Deep North*), scris în 2013. Cele mai noi romane ale sale sunt *Persoana întâi* (*First Person*, 2017) și *Oceanul viselor* (*The Living Sea of Waking Dreams*, 2020).

Richard Flanagan trăiește împreună cu soția și cele trei fiice în Hobart, Tasmania, și continuă să scrie articole despre insula natală în presa australiană, nu fără a suscita controverse.

RICHARD
FLANAGAN

oceanul viselor

Traducere din limba engleză
PETRU IAMANDI

LITERA
București

The Living Sea of Waking Dreams
Richard Flanagan

Carte Pentru Toți este parte
a Grupului Editorial Litera
tel.: 0374 82 66 35; 021 319 63 90;
031 425 16 19
e-mail: contact@litera.ro
www.litera.ro

Oceanul viselor
Richard Flanagan

Editor: Vidrașcu și fiii
Redactor: Alexandra Diaconescu
Corector: Cătălina Călinescu
Copertă: Bogdan Mitea
Tehnoredactare și prepress:
Ofelia Coșman

Descrierea CIP a Bibliotecii
Naționale a României
FLANAGAN, RICHARD
Oceanul viselor / Richard Flanagan;
trad. din lb. engleză: Petru Iamandi. –
București: Litera, 2022

ISBN 978-606-33-8336-6

I. Iamandi, Petru (trad.)

821.111

Lui Dave și Di Masters

„Securii spoliatorului şi-a egoismului căzut-au victimă;
Calea Crossberry şi cărarea Round Oak,
copacii ei scorburoşi, ca nişte amvoane, n-am să le
mai văd:
ca un Bonaparte făcut-au prăpăd în cale,
au ras copacii, tufele şi fiecare deal
iar cârtiţele au sfârşit în ştreang, ca trădătorii – pârâul
doar mai curge-n voie,
curge, dar rece, gol şi trist."

John Clare, „Amintiri"

UNU

1

Mâna ei.

2

Nu știu cum au început disparițiile sau dacă au încetat deja, și-a spus Anna. Sau cum să încep povestea. Dacă e despre mine, despre ea sau despre el, dacă e ea, dacă suntem noi sau poate voi, dacă e despre acum sau despre atunci sau viitorul apropiat. Cu atât mai greu e când nu știu ce diateză, ce timp gramatical sau pronume să aleg. Poate e chiar imposibil. Erau cuvinte? cum a întrebat Francie.

Atunci *ce* erau?

De parcă și ele se dezintegrau deja, în funingine și scrum, apoi în fum, apoi nimic. De parcă tot ce se poate spune e noi spunem voi sau dacă așa atunci. Ei, noi am fost noi, voi?

3

Poate că Francie e mai fericită că nu p-p-poate spune nimic, se bâlbâie Tommy. Adică exprimarea unei experiențe în cuvinte e, cât de cât, o realizare? Sau e doar cauza nefericirii noastre? E tragedia noastră şi nesfârşita noastră vanitate? Lumea se lasă vrăjită de cuvinte, expresii şi paragrafe complexe. Fiecare cuvânt duce la altul şi, nu peste mult timp, la probleme tot mai grave, războaie, genocide şi sfârşitul civilizaţiei. Doar în tăcere, cum declară Tommy după ce-a băut un pahar în plus, se poate afla adevărul.

Cu ce ne alegem în schimb? Cu gălăgie – balamuc peste tot.

4

De multă vreme simt cum creşte-n mine un ţipăt, şi în mine şi în afara mea, a continuat fratele Annei. Încerc să-l înăbuş, ţipătul mă face să mă bâlbâi, dar nu mă dau bătut. Temperatura planetei creşte de la o zi la alta, la fel şi poluarea, iar nopţile se umplu de zgomot: mai multe construcţii, mai multe insecte dispărute, mai multe şosele, mai puţine specii de peşti, mai multe ştiri senzaţionale, mai puţine broaşte şi şerpi, mai mult brexit-trump, mai mult dioxid de carbon şi din ce în ce mai mulţi turişti, pretutindeni, chiar şi aici, în Tasmania, chiar şi aici, la capătul lumii, la ce altceva să te aştepţi când stau la rând ca să urce pe Everest? – mai multe ciocane pneumatice, mai multe camioane care dau înapoi fără să se asigure, mai multe macarale care se înalţă sau se prăbuşesc *b-b-biip*, mai multe autocare cu turişti care umplu până la refuz străduţele, mai multe geamantane pe rotile care fac *clic-clic-clic* pe asfalt, mai multe camere închiriate la toţi mârlanii, mai mulţi localnici care dorm în corturi prin tot orașul, până când chiar și visele mele devin coșmarul unei forfote din care nimeni nu are de câștigat, doar niște obiecte care-i neliniștesc și-i nefericesc pe oameni și-i fac mai săraci; o panică tot mai intensă, care se manifestă printr-o mișcare continuă, o teamă de repaus, turismul care trebuie să salveze insula este exact opusul, turiștii ajung să-și facă nevoile în curțile localnicilor - ce demonstrează asta? Îi scot pe sărmanii pinguini din adăposturile lor ca să-și facă selfie-uri și să le pună pe Instagram - oameni sunt ăștia? Vin cu avionul la clasa economic sau cu vasele de croazieră - în fiecare an parcuri de distracții tot mai mari, mai zgomotoase, mai aerodinamice, înzestrate cu tobogane, bungee-jumping și ecrane video tot mai late, care par să împingă în sus norul gros de fum scos de motoare, doar ca să te facă *feri-feri-fericit*, spune Tommy. Niște penitenciare nenorocite, care-ți dau sen-sen-senzația că plutești peste Hobart, care arată ca orașul lui Noddy[1], cine mai vrea să aibă șapte ani?

Da nu poate.

5

Peste munte, în spatele orașului, incendiile se apropie tot mai mult, în fiecare zi mass-media și rețelele

---

[1] Personaj literar creat de scriitoarea britanică Enid Blyton, protagonist al mai multor cărți pentru copii publicate în anii 1949-1963 și al unei emisiuni TV (n.tr.)

sociale publică imagini cu centre de evacuare unde se îngrămădesc sute de oameni, ca pe timpul războiului, ca niște refugiați într-un război pe care-l pierd, dar pe care cine-l câștigă? Pe telefon văd cum guvernul cere deschiderea mai multor mine de cărbuni, construirea mai multor termocentrale pe bază de cărbune, iar tu te alegi cu douăzeci și unu de ani de pușcărie dacă îndrăznești să protestezi, la fel ca pentru crimă, acum, în Australia, dacă dai vina pe guvern pentru incendii, incendii și valuri de fum la tot pasul, chestia e că sunt speriat rău, de-a dreptul în-în-îngrozit, m-am săturat. În Tasmania vii ca să scapi de toată grozăvia asta, acum însă ai parte de ea și aici, păduri bătrâne mistuite de flăcări, plaje acoperite de mizerii, păsări sălbatice adunate în pungi de plastic de la supermarket, o lume pe cale de dispariție în pragul unor violențe care revin pentru o judecată finală.

Cum ce de ce cine?

6

Și pe măsură ce astfel de lucruri se întâmplă tot mai des, spune Tommy, lumea pare că nu mai e ce era, cum nici eu nu mai par că sunt ce eram. Gărgărițele *dispărute* gândacii și muștele de carne *dispărute* urechelnițe pe care nu le vedeai *dispărute* și ele gândaci de Crăciun frumoși în culori metalice țipătoare din care făceam colecție în copilărie *dispăruți* roiurile de furnici zburătoare *dispărute* orăcăitul broaștelor primăvara cântecul greierilor vara *dispărute dispărute* şi moliile imperiale aproape cât o pasăre de mari, moliile albicioase care se ascundeau în covoarele persane şi bâzâiau în nopţile de vară *dispărute* şi de jur-împrejur marsupialele, rozătoarele păsările-diamant papagalii iuţi *pe ducă*. Rămâne tot mai puţin, spune Tommy, ar trebui să vii cu mine la pescuit de homari, dar la ce bun? Marile păduri de varec *dispărute* moluştele *dispărute* homarii *dispăruţi*! *Dispăruţi! Dispăruţi!* Ceva nu e-n regulă, simt eu, ca o durere, ca o boală care creşte înăuntru, mai să dea pe dinafară, un junghi în piept şi în carne, o respiraţie grăbită, zi de zi, noapte de noapte. O auzi n-ai cum să n-o auzi înţelegi?

7

Crezi că dragostea e problema? Nimeni nu ştie cum să iubească a dispărut dragostea? Ce zici? Inima mea pare mai mică decât un telefon, ştii ce vreau să spun ştii ştii?

8

Anna i-a spus lui Tommy să nu dispere. Dar în sinea ei simţea. Simţea cum o roade gândul. Simţea că se întâmplă ceva. Dar ce anume? A simţit cum îi vibrează telefonul. Ce s-a întâmplat? Ce n-a mers? Scuze, Tommy, a zis ea. Trebuie să văd ce e să verific scuze ceva totul orice.

9

Tommy a mers la o școală-internat a Fraților Mariști[1] din Burnie. Burnie: port, combinat de celuloză, fabrică de pigmenți, p-p-pedofili. După ce-a împlinit doisprezece ani s-a întors acasă, bâlbâit. Tommy bea. Și Ronnie a mers la Frații Mariști. Poate că Ronnie ar fi băut și mai mult. Vorbeau mult despre Ronnie, despre anumite întâmplări, dar nu și despre cea mai importantă, niciodată, vorbeau despre cum era el, cum le zicea el, ticurile lui, jucăriile la care ținea și Bup, câinele lui, dar cel mai mult vorbeau despre viitorul lui Ronnie.

Anna Tommy Ronnie Terzo, fiecare mai mare cam cu doi ani decât celălalt, în această ordine, Ronnie, își spuneau ei, cel mai talentat dintre toți. Un mare sportiv. O minte brici. Poate da poate nu poate dacă trăia, a spus Anna, poate se îngrășa peste măsură poate bea poate murea de pe urma unei hemoragii craniene la vârsta de patruzeci și șapte de ani. Dar nu conta când murea fiindcă era cel mai talentat dintre cei patru copii și oricum avea să moară, poate în greutate de o sută treizeci de kile, dar sigur murea, la patruzeci și șapte de ani sau la paisprezece conta când?

Așa vorbeau frații și sora lui Ronnie despre el, într-un cerc care nu ducea nicăieri ci se spirala în interior, inventând câte un viitor alternativ pentru fratele

---

[1] Ordin călugăresc romano-catolic, înființat de părintele Jean-Claude Colin în Franța (1816), în onoarea Fecioarei Maria (n.tr.)

lor. Ei îi spuneau ronning. Un vârtej. Un vârtej de ronning.

Tommy spunea că n-a putut să-l salveze. Tommy întotdeauna spunea asta, de parcă ar fi putut să-l salveze, Tommy însă nu se putea salva nici pe sine. Mai bine așa, spunea Tommy. Și reîncepea ronning-ul. Ronning, ronning. Mai bine așa mai rău așa indiferent.

Ori una ori alta.

10

Mi-ar plăcea să mă nasc din nou, se confesează Tommy, de data asta sub formă de copac, îndeajuns ca lumea să-și dea seama ce fel de om e Tommy. Anna îi spune că, dacă ar fi copac în ziua de azi, ar fi cuprins de flăcări, la care Tommy răspunde că el deja arde. Fiul meu, Davy, nepotul tău, e schizofrenic, chinuit de voci, adică de cuvinte, zice Tommy. Tommy își face griji – evident – dar rămâne la părerea că a iubi înseamnă a ține cuvintele în șah, o bătălie pe care fiul lui a pierdut-o.

11

Poate că tocmai de aceea, când Francie a întrebat-o ce-a pățit la mână, Anna n-a zis nimic. A pus în fața mamei lor cana cu leșie pe care toți au fost de acord s-o numească *ceai*, îngroșată ca un clei ca să nu se înece când o bea și, nu peste mult timp, după prima înghițitură, Francie a trecut la alt subiect, de data asta despre ce a văzut mai devreme în peşteră, de la fereastra spitalului: animale care se prefăceau în păsări, pe urmă în plante, şi căruţa plină de bătrâni pe care Tigroaica a descris-o la sfârşit.

Anna s-a ridicat de lângă mama ei şi s-a dus la fereastră. Desigur, nu era nici o peşteră, nici o căruţă, nu erau nici animale care se metamorfozau, doar o privelişte sumbră. A simţit o pornire irezistibilă să sară pe geam, deşi o despărţeau câteva etaje de strada, neiertătoare, din Hobart.

Dar în clipa următoare Anna a avut o revelaţie, o revelaţie de care ai parte doar în vise: dacă sare pe fereastră nu-şi va găsi moartea, ci se va arcui graţios şi va porni hotărât în zbor pe deasupra străzii Campbell, peste vechea sinagogă, minunată în eclectismul ei egiptean de o splendoare mistică, construită de ocnaşii evrei eliberaţi, un alt fel de a spune că această insulă, Van Diemen's Land[1], a fost şi n-a fost Egiptul lor, că şi ea însemna libertate.

Va zbura pe deasupra ei, nu la mare înălţime, doar la un metru-doi de sol, cu o viteză plăcută, care să n-o bage-n sperieţi, mai curând va pluti ici şi colo, fiecare schimbare de direcţie dictată de înclinarea aproape imperceptibilă a umerilor sau de cea mai neînsemnată îndoire a piciorului întins, cum se întâmpla în visele ei din copilărie, ceva între nemişcare şi mişcare simultană; cu alte cuvinte, un echilibru perfect, totul ţinut sub

---

1 Primul nume dat de europeni insulei Tasmania, care face parte din Australia. Insula a fost rebotezată Tasmania în 1856. (n.tr.)

control prin concentrare maximă, printr-o focalizare intensă asupra celor mai subtile reacţii ale corpului, o mişcare greşită şi prăbuşirea fatală pune capăt magiei.

Dar, dacă Anna mai crede încă puţin că poate zbura, foarte curând va ajunge acolo unde nu are cum să nu ajungă, într-un loc luminat, un loc cu verdeaţă, al reveriei, poate al transcendenţei...

12

Dar *mai întâi* trebuie să lămurim câteva lucruri, spunea Terzo, şi ce spunea Terzo, mezinul, în mod normal reprezenta, într-o măsura mai mare sau mai mică, punctul de vedere al familiei, nu visele cu ochii deschişi ale Annei sau gândurile lui Tommy, ci voinţa lui Terzo, exprimată cu siguranţa lui de nezdruncinat pe care Anna o auzea cum umple rezerva din spatele ei, modulată atât de dulce, lipsită de orice dubiu care s-o afecteze, monotonă ca o uşă care se închide.

Brusc s-a trezit că se rostogoleşte tot mai jos, îşi pierduse toată puterile, şi, când s-a întors de la fereastră spre glasul mieros al fratelui ei, a auzit cum Terzo i se adresa lui Tommy de parcă şi acesta era unul dintre clienţii lui naivi. Cu eleganţa costumului italian, cu dezinvoltura studiată a cămăşii fără cravată, cu ochii scânteietori pe o faţă prea slabă pentru o asemenea intensitate, Terzo era opusul lui Tommy, cu blugii lui lăbărţaţi, cu puloverul din poliester, rupt, cu ceea ce pentru Anna era o faţă de măcelar, grasă şi căzută. A vrut să ridice mâna a salut spre fraţii ei, dar a lăsat-o jos aproape imediat, pentru ca Terzo și Tommy să nu-și dea seama ce avea Francie.

13

În anul acela vara părea că nu se mai sfârșește în Tasmania. Nici una dintre regulile normale nu mai era valabilă. Nici ploi de primăvară, nici ploi de vară. În fiecare zi era zăpușeală, mai mare decât în ziua precedentă. Una peste alta, nu era o vară veselă, fericită. În zonele sălbatice ale insulei bântuiau furtuni cu tunete și fulgere, dar fără ploaie care durau zile întregi, mii și mii de fulgere care provocau mici incendii peste tot. Pădurile tropicale, cândva lumi umede, mistice, erau acum uscate, iar focurile le cuprindeau repede, de la un capăt la celălalt; curând incendiile au devenit știrea unică; se apropiau sau se îndepărtau, avansau sau se opreau; important e că, oriunde se aflau, continuau să se extindă, inexorabil, și odată cu ele un fum gros, infernal, furtuni de cenușă, scrumul atotstăpânitor; capitala insulei se umplea cu refugiați care așteptau apatic ca focurile să se stingă, iar ei să se poată întoarce acasă și să-și vadă de viață.

Și totuși, viața în sine părea că rezistă.

Toți așteptau ceva cu inima strânsă, dar nu știau ce anume. Nerăbdarea și tensiunea creșteau de la o săptămână la alta, pe măsură ce incendiile mistuiau pădurile străvechi, făceau scrum landele minunate, grădinile din vestul insulei și din munți, iar Anna se trezea în fiecare dimineață cu cearșaful înnegrit de la incendiile care umpleau vechiul oraș al insulei cu fragmente carbonizate de ferigi şi frunze de mirt, negative perfecte care, la atingerea Annei, se prefăceau într-o pată neagră, şi tot ce rămânea din pinii King Billy vechi de mii de ani şi din arbuşti, din crângurile de chiparoşi, din şirurile de pandani şi richea, din eucalipţii maiestuoşi, din câmpiile acoperite de iarbă şi din micile orhidee de munte, atât de rare, tot ce mai rămânea din atâtea lumi sacre era cearşaful pătat de funingine al Annei.

Din cauza fumului aerul era cafeniu, ca tutunul, strălucirea orbitoare a cerului albastru al insulei se arăta numai atunci când vântul reuşea să facă o gaură în giulgiul întins peste cea mai mare parte din insulă. Fumul părea că nu vrea să se ridice şi, în zilele cele mai proaste, reducea orizontul fiecăruia la doar câteva sute de metri, închizând lumea, creând senzaţia de claustrofobie. Soarele se poticnea în fiecare zi, vinovat, o minge roşie, violentă, pierzându-şi contururile, înfiorându-se prin pâclă, mahmur parcă, în timp ce fumul ocru sufoca fiecare stradă şi umplea fiecare încăpere, murdărea fiecare băutură şi fiecare fel de mâncare; fumul negru, sulfuros, acru, care îţi ardea gâtul şi îţi umplea gura şi nasul bloca mirosurile plăcute ale verii. Ca şi cum ai fi trăit alături de un fumător inveterat, doar că fumătorul era lumea şi toţi oamenii trăiau în plămânii ei bolnavi, care erau pe ducă.

14

În acea după-amiază de miercuri, exact la aceeaşi oră, exact acelaşi fum ardea gâtul Annei şi o făcea să tușească în timp ce intra în parcarea din Argyle Street, vizavi de Royal Hobart Hospital. Ridicând mâna ca să-și astupe gura, ceva i s-a părut în neregulă. Avea senzația ciudată că-i lipsește un deget. O senzație atât de ciudată, încât s-a grăbit s-o alunge lăsând mâna jos.

În timp ce urca spre etajul patru al parcării, a pus mâna stângă pe volan. Din nou ceva i s-a părut că nu e în regulă. Și-a privit mâna cu atenție. Adevărat. Și-a văzut degetul mare și le-a numărat pe celelalte trei. A rotit volanul în stânga, apoi în dreapta. De data aceasta a văzut că un deget sigur nu era unde trebuia să fie, iar unde trebuia să fie, lângă degetul mic, nu era, ca să fim mai exacți, și-a spus Anna, mda, ca să fim mai exacți nu era nimic.

A întors capul în stânga și-n dreapta, privind ici și colo în lumina crepusculară a parcării, poate sperând că degetul pierdut va sări de undeva. S-a uitat la bordul mașinii închiriate, poate căzuse acolo. Și-a trecut degetele rămase peste consola cu suportul pentru cană, dar n-a simțit decât stratul de praf și documentele mașinii. S-a uitat de câteva ori la spațiul dintre picioare și, în cele din urmă, la podea.

Într-un târziu, dându-și seama că această căutare donquijotească era absurdă, fiindcă n-ai cum să-ți pierzi un deget ca pe o cheie sau un telefon, a întors volanul un sfert de cerc spre dreapta, apoi l-a rotit înapoi, cât pe ce să dea într-o mașină care venea din față. Celălalt șofer a claxonat, ea a frânat, a virat și a oprit. În acel moment, ducându-şi mâna la frunte, n-a simţit nici un fel de uşurare, ci o groază de nedescris.

Între degetul mic şi cel mijlociu, unde inelarul îi era cândva legat de mână, acum era o lumină difuză, o pată în locul articulaţiei, un efect asemănător celui creat prin photoshopping pentru feţe, şolduri, coapse, riduri şi diverse malformaţii, adevărul fiind estompat până la dispariţie.

Ca şi acum, în cazul unuia dintre degetele ei.

Și-a privit cu atenţie mâna mai bine de un minut. Nu era vorba de o iluzie sau de o halucinaţie. Inelarul – fără doar şi poate – îi dispăruse. Și-a mişcat degetul mare şi celelalte trei degete. Nu păreau să aibă nimic, se mişcau normal, ca toate degetele. Locul nu o durea. Nu simţea nici durere, nici că pierduse ceva.

Degetul doar dispăruse.

15

Anna a lăsat mâna jos şi a pus această întâmplare ciudată pe seama epuizării pe care o resimţea în acea zi. Care începuse cu telefonul lui Tommy la ora două noaptea, anunţând-o că Francie avusese o criză şi fusese dusă cu ambulanţa la Royal Hobart Hospital. Enervant, ca să nu spună mai mult, şi-a zis Anna, fiindcă la Francie crizele erau ceva frecvent, fapt care, privind retrospectiv, nu era chiar atât de grav pe cât spunea Tommy.

Telefoanele lui Tommy despre starea sănătăţii mamei lor frizau de acum grotescul, simţea Anna. Ea şi

Terzo chiar aveau o glumă pe care o repetau de fiecare dată când Tommy îi suna ca să-și exprime îngrijorarea despre felul cum mânca/vorbea/respira Francie. Tommy simțea probabil că era de datoria lui să-și informeze fratele și sora despre stadiul multiplelor infirmități ale mamei lor, de parcă acestea ar fi constituit dovada unei agravări bruște a stării ei de sănătate.

Era adevărat că avusese câteva probleme în ultimii ani, dar fiecare, după o vreme, se rezolvase de la sine. De la o vreme Francie începuse să se poarte ciudat, și medicul ajunsese la concluzia că suferă de demență. Avea un mers caraghios, jumătate smucit, jumătate clătinat – ca un cal după un drum lung, cum spunea Terzo – și medicul o diagnosticase cu maladia Parkinson. Când a căzut din picioare și a fost dusă la spital s-a descoperit că nu suferea nici de demență, nici de Parkinson, ci de cu totul altceva: avea lichid în creier, o boală numită hidrocefalie, iar tratamentul consta în introducerea unui șunt prin ceafă în creier, astfel încât să se dreneze excesul de lichid în stomac.

Procedura, oricât de înspăimântător suna, a avut succes. Mersul ciudat și stările de confuzie au dispărut, Francie, din nou ea însăși, a revenit la viață și acasă, iar ei, cei trei copii, au revenit la casele lor.

În cazul Annei și al lui Terzo, copiii care părăsiseră de mult insula, asta însemna să-și sune mama mai des și să ia avionul ca să stea cu Francie o zi-două la interval de câteva luni. În cazul lui Tommy, care rămăsese acasă, care era un artist ratat, muncitor zilier și pescuitor de homari şi care, ca să fim cinstiţi, gândea Anna în momentele ei de răutate, nu făcuse nimic în viaţă, însemna ceva mai mult. Pe de altă parte, Tommy avea şi mai mult timp ca să facă mai mult: să dea o mână de ajutor când venea vorba de lucruri mărunte – vizitele doctorilor, programările la audiologi, gătitul, piaţa, s-o ducă pe Francie cu maşina la vechile ei prietene pentru ceaiul de după-amiază.

A trecut un an, apoi altul şi încă unul, şi, la trei ani după operaţia de hidrocefalie, Francie a fost diagnosticată cu o formă lentă de cancer, limfom non-Hodgkin de mică intensitate. Francie a făcut câteva şedinţe de chimioterapie şi, la sfârşit, surpriză, a intrat în remisiune. Francie era, după cum spunea chiar ea, cel mai în formă cadavru bătrân din lumea creştină.

16

Şi astfel, de parcă totul ar fi revenit la normal, de parcă ziua de mâine nu putea fi altfel decât ziua de azi, de parcă această lentă acumulare de afecţiuni şi înrăutăţirea stării de sănătate nu aveau nici o consecinţă, au trecut aproape cinci ani, ani în care Anna a simţit că a realizat atât de multe lucruri pe care şi le dorea de-atâta vreme.

Participase mai mult din întâmplare la proiectarea Casei Durand după moartea unuia dintre asociaţii de bază ai firmei de arhitectură la care lucra. Clădirea – în formă de seceră, cu structura din oţel, ingenios suspendată la un capăt peste o stâncă din Munţii Albaştri, o casă de vacanță pentru celebrul proprietar de magazine Philippe Durand – a fost salutată ca un adevărat triumf. Pe lângă o grămadă de laude împănate cu termeni din arhitectură, a câștigat mai multe premii naționale și, ulterior, un premiu internațional pentru design. Dar pentru Anna a însemnat nici mai mult, nici mai puțin decât împlinirea unui vis din copilărie – să dea unei clădiri forma unei frunze de eucalipt.

Mai ales datorită acestui succes a fost cooptată ca asociat al firmei. Așa a cunoscut-o pe Meg, care era director de proiecte la compania care construise Casa Durand. Anna o văzuse în biroul de acolo, o femeie care nu ieșea cu nimic în evidență, iar într-un weekend a întâlnit-o din întâmplare la o cafenea. Meg purta pantaloni de yoga și părul negru strâns în creștetul capului, fapt care-i accentua pomeții și zâmbetul. Ședea cu un picior vârât sub celălalt, dând la iveală o pulpă musculoasă. Ia loc lângă mine, a zis ea.

Așa a început.

17

Uneori, când se întâlneau după program, urma lăsată de casca de constructor încă mai persista pe fruntea lui Meg, marca îndeletnicirii, cum îi spunea ea. Nu că i-ar fi păsat.

Zilele mele sunt zile Annie și zile non-Annie și numai zilele Annie sunt adevărate, scria Meg în mesajele ei. Restul nu se întâmplă niciodată cu adevărat.

De fiecare dată când te întorci de undeva găsești acasă o femeie mai tânără.

Când nu ești aici, eu nu sunt nicăieri, ar fi putut replica Anna. Dar de cele mai multe ori se limita la emoji cu inimioare.

Simțea că în Meg găsise pe cineva alături de care putea îmbătrâni fericită. Fiul Annei, Gus, avea douăzeci și doi de ani, se maturiza și, cum ar fi spus Meg, era plecat *departe*, deși evadarea lui se producea mai ales în realitatea virtuală, în dormitorul lui. Pe vremea aceea Anna nu se gândea prea mult la Gus, cum nu se gândea prea mult nici la mama ei. Când totuși o făcea, nu se gândea la Francie ca la cea care-i dăduse viață, ci ca la o imagine ușor îmbătrânită a propriei persoane, o femeie de succes, independentă, care trăia după voia ei, reușind să treacă peste toate necazurile, la fel cum, fără îndoială, își spunea Anna, și fiul ei se gândea la ea.

Și astfel Tommy o enerva când îi telefona sau îi trimitea mesaje după ultima cădere, criză, spitalizare, după cea mai recentă dramă, oricât de neînsemnată, din familie – un mic incendiu când mama lor uitase un șervet pe prăjitorul de pâine, mâncare uitată de săptămâni în frigider ș.a.m.d. – probleme care urmau să fie rezolvate de Tommy care era de acord să le rezolve și pe care nu le rezolva niciodată cu adevărat, altfel de ce, de fiecare dată, Anna se vedea nevoită să-i ceară asistentei să-i rezerve un bilet de avion ca să dea o fugă până acasă?

Tommy, simţea ea, exagera aproape întotdeauna cele mai recente probleme ale lui Francie, îngrijorat că mama lor mai avea puţin şi ajungea într-un punct critic, convins că aceste întâmplări mascau un declin mult mai serios. Dar încrederea ei în vitalitatea și sănătatea mamei lor era atât de mare – o femeie care, cum spunea Terzo, putea supravieţui unui atac nuclear direct – încât, la fiecare apel al lui Tommy, îl certa că se panichează din orice. Poate era prea aspră cu Tommy. Dar avea şi motiv, nu?

18

Tocmai de aceea, când Tommy i-a telefonat la ora două noaptea, i-a spus că mama lor avea toate șansele să trăiască încă zece-douăzeci de ani, după care a închis telefonul, l-a trecut pe modul silenţios şi s-a întins înapoi în pat. O clipă mai târziu, a auzit un mesaj vocal de la Tommy care o anunţa că Francie căzuse la spital în timp ce încerca să ajungă la toaletă. Era acolo cu ea, la spital, situaţia nu era deloc roză, la ora nouă avea programată o tomografie cerebrală. Medicii solicitaseră ca familia să fie prezentă la spital la ora 16:30. Terzo venea cu avionul de la Brisbane.

Anna s-a uitat la ceas. Acum era ora șapte. Fiind atât de devreme, trebuia să-și amâne singură toate întâlnirile de peste zi și să-și rezerve un bilet de avion la prânz, fapt care o enerva peste măsură; în plus, din cauza fumului care acoperea partea de sud a Tasmaniei, cursa ei a fost amânată cu patru ore. I-a trimis mai multe mesaje lui Tommy, iar acesta, cum îi era felul, n-a răspuns. Anna a intrat pe rețelele de socializare. Un articol despre remedii naturale pentru anxietate. Altul despre cele mai moderne băi. Altul despre un orășel care urma să rămână fără apă, toate rezervele sale fiind cedate unei companii miniere. Postări ale unor prieteni, din călătoriile lor. Aparate de uz casnic haine pantofi cosmetice conspirații un fermier care scria despre cum cangurii se întindeau pe jos în grădina din fața casei și că seceta este un incendiu care înaintează cu încetinitorul. *Like share update friend subscribe.* Era atât de mult zgomot. Tommy i-a trimis un mesaj cum că un vas de croazieră își folosea sirenele de ceață în ritmul temei din *Love Boat*, atât de tare, încât cei din spital nu-și puteau auzi propriile gânduri.

19

Cei trei copii de-abia reușeau să se descurce în spațiul restrâns al rezervei în care era internată mama lor, așezându-se cu rândul pe scaunul acoperit cu vinilin albastru ca să schimbe câteva cuvinte cu Francie, în timp ce ceilalți doi șopteau între ei la capătul patului. Când i-a venit rândul, Anna a întins mâna dreaptă spre degetele mamei, sprijinind-o pe cea stângă de spătarul scaunului acoperit de vinilinul crăpat, cât mai aproape de perete ca să-și ascundă deficiența recent descoperită. Francie se străduia să susțină conversația cu copilul care stătea pe scaun și să asculte șoaptele celorlalți doi care stăteau în picioare, drept care, nu peste mult timp, epuizată de efort, a adormit.

Cei doi medici au sosit spre seară și s-au prezentat cu glasuri scăzute. Sub lumina intensă a tubului de neon, domnul Ram, neurochirurgul, le-a făcut semn să se apropie. Era înalt, purta turban și avea un miros pe care Anna îl asocia cu intelectualii, de deodorant discret. Domnul Ram le-a spus că era vorba de lichidul cefalorahidian, pe care șuntul îl ținea sub control, acum însă în partea stângă a creierului, frontal, se produsese o mică hemoragie. Domnul Ram și-a lovit ușor turbanul cu încheieturile degetelor și a zâmbit, semn că nu era ceva foarte grav. Creierul nostru, a zis el, ca toate motoarele, se uzează odată cu trecerea timpului.

Familia a zâmbit și ea, îngrijorată. Domnul Ram și-a atins nasul cu un deget, ca și cum ar fi încheiat un târg aproape ilicit, în baza unei complicități tacite.

Dincolo de micul lor cerc, Anna își vedea mama în capul oaselor, proptită de câteva perne, dormind, cu mărul lui Adam ridicându-se și coborând în gâtul ei slăbit, înghițind în sec la nesfârșit, în vreme ce medicul și familia luau decizii care-i hotărau soarta. La un moment dat a părut că tresare și s-a trezit – cu pleoapele roșii, inflamate, ca niște răni din care globii oculari ieșeau nefiresc de mari, injectați, gălbui, cu irisurile tulburi – și a adormit la loc aproape la fel de brusc.

La optzeci și șase de ani, a continuat domnul Ram, credem că este destul spațiu pentru o mică sângerare în cavitatea craniană, între creierul micșorat de bătrânețe și craniu, ca în cazul mamei dumneavoastră, care să nu fie percepută ca o presiune sau o durere sau să aibă un efect serios pe termen lung asupra facultăților mintale ale pacientei. Chiar dacă se va constata o mică deteriorare, aceasta va fi de scurtă durată, iar organismul va resorbi sângele la fel cum face după o julitură mai profundă. În timp ce explica familiei că i se părea mult mai înțelept ca, după o hemoragie craniană, la vârsta lui Francie, să nu se recurgă la operație, domnul Ram a fost întrerupt de o voce răgușită.

Mi-a făcut bine, a spus Francie din pat, luându-i prin surprindere. Frații s-au întors jenați spre mama bolnavă, despre care crezuseră că doarme. N-am mai simțit cum mi se ridică sângele în cap de când l-am cunoscut pe tatăl vostru, a continuat ea.

Și, ce să vezi, le-a făcut cu ochiul.

20

În timp ce familia râdea nervos, Francie a dat să zâmbească și ea. Dar hemoragia trebuie să-i fi afectat controlul gurii. Putea ridica doar o parte a buzei de sus, dezvelind câțiva dinți strâmbi, galbeni, nefiresc de lungi, cu gingiile retrase, dând senzația unui craniu care surâde batjocoritor. Cuvintele cu două înțelesuri ale mamei lor și gestul ei ghiduș erau atât de nepotrivite cu fața ei, care le dădea fiori, încât scena era de-a dreptul grotescă. Preț de o clipă Anna a avut senzația că vede un cadavru care vorbește. Dar, cum tocmai demonstrase, Francie era cât se poate de vie în acel corp jalnic.

Tommy s-a dus lângă pat, s-a aplecat şi, trecându-şi braţele pe după ea, a ridicat-o uşor, cu faţa spre el, şi a ţinut-o aşa; fără să se ruşineze sau să se jeneze, cu toată gingăşia de care era în stare, i-a şoptit: Mămică, mămica mea! în timp ce legăna corpul acela bătrân şi ros de boală ca pe un nou-născut.

Deşi Annei gestul spontan al lui Tommy i s-a părut lipsit de demnitate, ba chiar un afront la adresa demnităţii mamei lor, faptul că Francie le făcuse din ochi iar Tommy o îmbrăţişase părea să-i ia complici la bătrâneţea şi la degradarea corpului ei, ca şi cum hidrocefalia şi cancerul, iar acum hemoragia şi toate suferinţele mamei, erau şi ale lor.

Anna nu simţea nici un fel de compătimire, ci doar repulsie, aproape o teamă ciudată. Se descurca şi cu moartea şi cu viaţa, dar oscilaţia mamei între cele două era pentru ea – o femeie care îşi planifica şi calcula orice mişcare: pe scurt, adepta certitudinilor – o rezistenţă neaşteptată şi enervantă la mersul firesc al lucrurilor, dovada unui spirit mai mult decât egoist şi imprevizibil.

Poate că în patul acela de spital nu era mama ei, ci un animal foarte bolnav care refuza să nu mai fie uman, situaţie care Annei i se părea de-a dreptul inacceptabilă. Da, despre asta era vorba. Un animal, un animal bolnav. Anna simţea că trebuie să plece cât mai curând de acolo, ca să nu se molipsească şi ea.

În sinea ei, Anna considera că ar fi fost mai simplu şi mai uşor dacă femeia care zăcea în patul acela, care se întâmpla să fie mama ei, ar fi murit. Sau, cel puţin şi în cel mai bun caz, dacă ar fi fost de acord să moară, în loc să facă din ochi şi să se agaţe de viaţă.

Apoi, şocată de aceste gânduri, ascunse bine, Anna s-a întrebat dacă nu cumva îi lipsea ceva, ceva care unora li se părea normal, omenie, compasiune sau empatie, cât de cât. Poate ceva era în neregulă cu ea. Poate că era o fiinţă rea. Poate că tocmai de asta mariajul ei eşuase, iar fiul ei era aşa cum era. Nu-şi dădea seama. Mintea ei era ca o junglă. Pur şi simplu era îngrozită de cum gândea.

În clipa aceea ochii mamei, obosiţi şi împăienjeniţi, i-au surprins pe ai ei, şi Anna a rămas uimită de cât de mult semănau la faţă – doar că a mamei era pământie şi brăzdată de riduri. Acest amestec ciudat de trăiri a făcut-o să tresară, iar Tommy, percepându-i reacţia, a ridicat privirea, i-a dat drumul lui Francie şi, făcând un pas înapoi, a prins-o de încheietura mâinii şi, în timp ce i-o strângea, i-a şoptit: Ştiu! Ştiu!

Anna era copleşită de cea mai mare vină, conştientă că nu e posibil să iubeşti pe cineva şi, în acelaşi timp, să-i doreşti moartea. Cum de-i treceau prin minte nişte gânduri atât de josnice? Din cauza acestei ruşini şi-a dat seama că de aici încolo va trebui să lupte cu toată fiinţa ei ca să-şi ţină mama în viaţă. Şi, fără să vrea, a scos un geamăt.

Ştiu! Ştiu! a bolborosit Tommy din nou.

Dar ce să știe Tommy? Știa el că sora lui voia moartea mamei lor? Știa el că tocmai de asta sora lui se angaja acum s-o țină în viață? Oare și el era la fel de ipocrit ca și ea?

S-a uitat la el și a simțit cum aceste gânduri o înfuriau, cum o înfuria și Tommy, fiindcă le simțea, cu toată intensitatea, dar nu le putea da glas. Nu le va putea da glas niciodată și va trebui să le alunge pentru totdeauna. A ridicat mâna și l-a împins ușor pe fratele ei. Poate că Tommy era doar un cretin și jumătate. Posibil. Totul era posibil.

21

Brusc, aducându-și aminte de degetul care-i lipsea, a lăsat mâna jos la fel de repede pe cât o ridicase. Domnul Ram explica acum că hemoragia craniană putea avea și rezultate pozitive. Tratamentul pentru inimă, tensiune, constipație, depresie și retenția de lichid fusese *recalibrat*, de acum încolo Francie avea să ia nouă pastile pe zi în loc de paisprezece.

Nouă, a zis Francie din pat. Nouă *e* o veste bună.

Domnul Ram a zâmbit. Spera ca, în timp, să reducă numărul de pastile la șase. Șase este un număr magic! a subliniat el. Prea multe pastile pe zi nu fac decât să dea naștere la alte complicații și tot așa, cu efecte secundare scăpate de sub control, medicul sprijinindu-și afirmația cu cazuri celebre și cu exemple din propria-i experiență.

N-am dreptate, Frances? a întrebat el întorcându-se spre pacientă. Dar bătrâna care, preţ de o clipă, păruse înviorată de numărul mai mic de pastile, a scos un şuier din gât, abia auzit, şi a adormit imediat.

Familia a încuviinţat din cap, familia a murmurat, familia a reacţionat ca şi cum ar fi înţeles explicaţiile medicului şi încă ceva în plus, deşi discutând mai târziu, pe coridor, fraţii au recunoscut că nu înţeleseseră totul sau nu înţeleseseră exact sau, mai curând, că nu înţeleseseră nimic.

22

Toţi trei erau epuizaţi şi au căzut de acord să revină la spital a doua zi dimineaţa. În sfârşit, Anna putea să se odihnească în apartamentul închiriat. Odată ajunsă acolo, s-a bucurat de singurătatea necesară ca să analizeze cu minuţiozitate faptul improbabil al degetului lipsă.

A ridicat mâna şi a apropiat-o de ochi, examinând locul în care trebuia să fie degetul, spaţiul uşor neclar unde degetul fusese legat de mână, şi şi-a mişcat degetele rămase. Din nou, nici o problemă. Chiar şi atunci când scutura mâna nu simţea nici o problemă. Şi, chiar dacă mâna nu mai era la fel de funcţională cu patru degete cum fusese cu cinci, se descurca destul de bine – oricum Anna nu fusese niciodată foarte mofturoasă.

Îşi făcea totuşi griji că ar putea fi un semn de cancer, fiindcă nutrea convingerea că la vârsta ei totul – fiecare julitură, respiraţie grea sau umflătură – era o premoniţie, un precursor, un simptom şi un prim semn al unei tumori fatale. Dar, gândindu-se mai bine, cancerul însemna ceva în plus, o excrescenţă, în timp ce un deget lipsă era o reducere, o diminuare – o absenţă. Deci nu era vorba de cancer, deşi ce anume era sau ce putea să însemne era un mister.

Și-a pus ochelarii de citit. A căutat „degete dispărute“ pe Google. Nimic. Nimic? A aprins toate luminile. A ridicat mâna în faţa celei mai puternice, a ridicat-o în faţa ferestrei, a ridicat-o în faţa veiozei de lângă pat, a apropiat-o de ochi şi a îndepărtat-o, în speranţa că absenţa se va dovedi până la urmă doar o eroare de concentrare a ochilor ei slăbiţi, obosiţi.

Și-a scos ochelarii şi a apropiat la câţiva centimetri de ochi extremitatea care o nedumerea atât de mult. A întors-o pe o parte şi pe alta. A examinat-o din fiecare unghi, a atins-o, a mirosit-o şi într-un târziu a lins ciotul surprinzător de amorf care era şi nu era acolo. Ciotul era moale şi nu avea gust de nimic. A simţit o uşoară mâncărime, dar când şi-a atins cu limba degetul mare, palma şi încheietura mâinii a avut aceeaşi senzaţie.

Era clar, noua ei mâna se comporta normal, la fel ca cea veche. Nu-şi dădea seama de ce i se părea atât de ciudată. La urma urmei, era mâna ei. Doar că, privind-o mai bine, într-un fel pe care cuvintele nu-l puteau descrie, nu mai era.

DOI

1

Mesajul pierdut de la Tommy fusese trimis la ora 4:07: Mama a avut a doua hemoragie cerebrală la miezul nopţii mult mai rea decât prima situaţia pare f. gravă. T.

Anna s-a uitat la ceas. Era trecut de şase. La spital a găsit-o pe Francie la terapie intensivă, inconştientă, aproape de nerecunoscut, respirând printr-un tub, îmbătrânită peste noapte cu zece ani.

După două ore de groază în care n-a comunicat cu nimeni, a oftat uşurată când a văzut intrând pe uşă o doctoriţă tânără, rezidentă. Doctoriţa a rămas doar un minut, răstimp în care a mormăit ceva despre hipoxie şi probleme neurologice şi i-a spus că-l va chema pe domnul Ram numaidecât. A revenit după o oră cu domnul Ram. În ceea ce părea un gest mai mult din milă decât menit să stabilească un diagnostic, sau poate doar să-i dea timp de gândire, domnul Ram a pus mâna pe fruntea lui Francie.

Cu capul plecat, a rămas pierdut în gânduri. Optimismul din ziua precedentă îl părăsise complet.

2

În cele din urmă şi-a îndepărtat mâna şi a ridicat privirea. Şi a vorbit cu o oboseală nesfârşită. Le-a spus că o putea opera. Că-i putea perfora craniul ca să dreneze sângele, reducând astfel presiunea asupra creierului. Prognoza însă era departe de a fi ideală.

Cât de departe? a întrebat Tommy.

Riscurile sunt destul de mari, a răspuns domnul Ram. La vârsta mamei dumneavoastră pot fi insurmontabile.

Terzo a întrebat scurt ce înseamnă asta.

Creierul poate fi afectat iremediabil, a replicat domnul Ram.

A urmat o tăcere prelungită, răstimp în care familia a văzut cum tresăreau obrajii domnului Ram.

Cu alte cuvinte, a continuat domnul Ram, pacienta putea să moară. În cursul operației. Cu alte cuvinte, dacă pacienta supraviețuia operației, își putea pierde capacitatea de a vorbi sau, mai rău, mintea ei putea ajunge într-un stadiu de semi-legumă. Voia mama lor așa ceva? Domnul Ram le-a spus că aveau de *ales*. Le-a spus că ultimele zile ale unei persoane iubite puteau fi petrecute altfel de familie. Le-a spus că văzuse asta de multe ori. *Le-a spus și le-a tot spus până când i-a întrebat* dacă mama lor lăsase instrucțiuni pentru situația în care nu mai putea comunica.

Nici un răspuns.

Știți care sunt dorințele mamei dumneavoastră? s-a interesat domnul Ram.

Habar nu aveau. Terzo și Anna s-au întors spre Tommy. La urma urmei, Tommy vorbea mult cu Francie. Chiar spunea că-i *place* să stea de vorbă cu ea.

Răspunsul lui Tommy nu i-a lămurit.

Când se simţea rău, a zis Tommy, spunea că s-o lăsăm să moară. Dar când se simţea bine... spunea peticiţi-mă şi ajutaţi-mă să trăiesc.

Domnul Ram a continuat... hrănită artificial... afectarea altor organe... respect... demnitate... *Le-a spus şi le-a tot spus* până s-a oprit brusc.

A schiţat un zâmbet, mai mult o grimasă.

Apoi a spus că aşteaptă decizia lor, a înclinat din cap şi a părăsit rezerva.

3

Cei trei copii stăteau aproape de patul lui Francie, tăcuţi. Nimeni nu le mai spusese că la sfârşit e nevoie de o decizie şi că nu muribundul e cel care o ia.

Demnitate, a şoptit Terzo într-un târziu, ca pentru sine, asta vrea Francie.

Tommy a părut că mormăie un fel de acord, dar n-a fost în stare să termine propoziţia. Ca şi cum n-ar fi fost sigur ce înseamnă „demnitate".

Terzo, pentru care incertitudinile aproape că nu existau, a spus că dilema reală era cea dintre dispreţ şi respect: mama lor să moară ca vai de ea, sau împăcată? Medicii păreau convinşi că, unu, Francie era pe moarte şi, doi, că o intervenţie chirurgicală nu făcea decât să-i prelungească agonia.

Anna a zis că, după părerea ei, nu erau pregătiţi pentru nici o decizie. Nu erau pregătiţi în nici un fel.

Încă mai erau copiii mamei lor. De ce să nu decidă mama însăși? Anna nu era în stare.

Motiv pentru care, în timp ce Terzo continua să vorbească despre respect, Anna a păstrat tăcerea, așteptând momentul în care să poată pleca.

Atunci când domnul Ram s-a întors și Terzo i-a spus că familia nu vedea rostul unei operații, Anna l-a urmărit pe Tommy cum se apropie de pat, cum se apleacă, cum îi spune în șoaptă mamei lor cât de mult o iubește și cum îi sărută ușor fruntea. Mâna ei stângă s-a ridicat puțin mai sus de față, un simulacru de îmbrățișare a băiatului său. Și, în timp ce Tommy o săruta pe frunte, mâna i-a rămas nemișcată, în aer, cu pielea atârnată de oase, tremurând puțin, cuprinsă de o mare emoție.

4

Cum nu știau ce altceva să facă, s-au dus să ia prânzul. Restaurantul – ales de Terzo, gurmandul familiei – avea aceleași mese cu bănci ca și cele mai faine restaurante din Baku sau Berlin; aceiași chelneri bărboși și același text pe care-l auzi și în Seattle și în Santiago, despre cât de altfel este restaurantul lor – *filosofia* lor era un platou la mai multe persoane, ați fost vreodată serviți cu așa ceva? – aceleași ingrediente nepotrivite, condimentate cu tot felul de ciudățenii de pe Instagram, garantate de aceleași laude deșucheate la adresa produselor indigene, de la altoiurile populare în anii '70 la sfecla argintie. Într-o altă epocă astfel de rețete ar fi fost ținta glumelor dadaiste. Spanac afumat cu înghețată, a întrebat Terzo, sau fum cu spanac dat cu înghețată?

Anna și Terzo erau legați de o vină nerostită: în ultimii ani nu fuseseră alături de mama lor când aceasta avusese nevoie de ei, o vină care acum echivala cu o greutate aproape imposibilă, știind că Francie era pe moarte. Anna și Terzo se bucurau de ceea ce lumea numea bunăstare: bani, putere. După standardele celor cu adevărat bogați, erau demni de milă; după sistemul de valori al celor cu adevărat puternici, erau neglijabili, chiar ridicoli. Dar aveau: și bani, și putere. Și erau obișnuiți să influențeze lumea din jur și nu să se lase influențați.

Și totuși, ce importanță aveau toate astea dacă nu-și puteau ajuta mama?

Povara căzuse pe umerii fratelui mai mare, Tommy. Dar, întrucât pe Tommy nu-l vedeau ca pe egalul lor – nu avea nici bani și nici putere, și, chiar mai ieșit din comun, nici nu părea să-l intereseze să le aibă – Tommy, într-un fel greu de definit, îi făcea să roșească de rușine.

El, nevolnicul, cu toate defectele lui, făcuse pentru mama lor tot ceea ce nu făcuseră ei.

Iar asta le ofensa statutul de oameni cu putere și bani. Și poate că tocmai această ofensă, care le provoca și o furie nerostită, explică de ce – în momentul în care Tommy a fost de acord cu Terzo că, oricât de groaznică era decizia lor, ţinând seama de toţi factorii poate că cel mai bine era s-o lase să moară – totul s-a schimbat.

5

Furculiţa lui Terzo, înfiptă în ceva complicat, artizanal şi atârnând ca o ghirlandă, s-a oprit în aer. Degetele lui erau slabe, lungi şi albe, parcă neterminate, erau aproape ca de marsupial, mai puţin încheieturile proeminente, care le făceau să arate ca nişte clopoţei de vânt din bambus uscat, căzuţi pe o furculiţă.

Niciodată! a exclamat el. *Aşa Ceva Nu Voi Spune Niciodată.*

Terzo şi Anna – care îşi investiseră banii cu atâta pricepere şi care îşi tratau corpul ca pe cea mai preţioasă investiţie, făcând zilnic exerciţii, menţinându-şi tonusul, păstrându-se şi prelungindu-şi viaţa cu tot ce se putea cumpăra – rezistaseră în faţa timpului şi a bolii, încetinindu-şi îmbătrânirea, amânându-şi moartea, de aceea, în momentul în care Tommy a rezumat toate lucrurile asupra cărora căzuseră de acord în privinţa mamei lor, s-au simţit ofensaţi.

Platoul din faţa lui a scos un clinchet uşor când Terzo şi-a trântit furculiţa pe masă.

Medicul a spus că trebuie să facem *tot ce e posibil*, a continuat el.

Exprimată astfel, Annei soluţia i se părea dreaptă şi nobilă – ca un adevăr necesar. Cum de putea Tommy să gândească altfel?

Terzo a spus că, în gura lui Tommy, suna ca o condamnare la moarte. Ca şi cum ei n-ar fi avut nici un control asupra situaţiei.

Aceea să fi fost insulta reală, se va întreba uneori Anna – *că poate pierduseră controlul?* În timp ce Terzo mânca tot hummusul cu sfeclă fără să-şi dea seama, Anna, căzând de acord în prealabil cu Terzo că operaţia era un act de cruzime inutil şi că nu se mai putea face nimic, înţelegea acum că trebuie să lupte ca să recâştige controlul.

Iar dacă asta înseamnă operaţie, a zis Terzo, scobindu-se în dinţi cu unghia de la degetul mare, îngrijită impecabil, atunci alegem operaţia.

Tommy, părând incapabil să aprecieze faptul că decizia familiei se schimbase cu o sută optzeci de grade, a spus că, acceptând operaţia şi grozăviile care decurgeau din ea, nu cumva, în loc să-i prelungească viaţa lui Francie, îi prelungeau de fapt moartea, făcând un iad din ultimele ei zile? Sau, şi mai rău, îi răpeau câteva săptămâni preţioase în schimbul unei morţi pe masa de operaţie?

Dumnezeule! a exclamat Anna mai târziu, vorbind cu Meg la telefon. Cât de încet la minte poate fi? Să susţină că e rău dacă Francie trăieşte şi tot rău dacă Francie moare! Nu înţelege că nu se poate şi una şi alta.

În plus, important nu este cât vor putea să-i prelungească viaţa lui Francie, l-a lămurit Anna pe Tommy, ci să lupte împotriva morţii ei cu toate resursele lor, ca familie.

Terzo s-a declarat de acord. Mama lui nu avea să moară singură.

Mama ta? a întrebat Tommy.

Terzo era pus pe citate. Trăiești la fel cum mori, singur, a zis el. Cehov. Să mori ca un câine, singur. Kafka.

N-am înțeles, s-a răstit Tommy. Ne ții o prelegere? De când ai început să te uiți prin cărți? Memorarea ideilor altora te ajută să-ți iei masteratul în administrarea afacerilor? Terzo, habar n-ai ce-au scris oamenii ăia. Nu-i cunoști. Nu, nu sunt de acord. Nu cred că Francie va muri singură. Eu voi fi lângă ea. Măcar de asta sunt sigur. Voi fi acolo, deci ea nu va rămâne singură. De ce ți-e frică, Terzo? De moarte? De singurătate? Eu înțeleg că poate mi-am ratat viața. Da. Dar mi-am trăit-o. Da. D-d-da. Nu sunt singur și nici Francie nu va fi singură.

Tommy, a intervenit Anna căutând să-și ignore fratele mai mare, să-l strunească și să îndrepte conversația în direcția dorită de ea și Terzo. Tommy, ideea e că noi avem mai multe *cunoștințe*. Și chiar dacă nu sunt cunoștințele de care avem nevoie, acestea cunosc persoanele de care avem nevoie. Terzo a spus că lucrul cel mai important, singurul de fapt, este să acționăm *în favoarea vieții*.

Era ca o luptă în ring, între echipe. Doar că Tommy nu avea coechipier, drept care nu peste mult timp s-a resemnat, preferând să tacă. Pentru Anna astfel de conversații erau despre demnitate – demnitate și deformarea demnității, demnitate și nevoia de a feri demnitatea de imoralitatea periculoasă a dragostei de familie. Privit din această perspectivă, Tommy era molipsitor, reprezenta cel mai burghez dintre toate motivele de a te rușina cu cineva: ruda din pătura de jos. Și, chiar dacă Tommy nu o jignea pe Anna, Anna nu ezita să-l jignească, drept care îl ura pe Tommy fiindcă astfel îi arăta și lui și își arăta și ei adevărata ei față.

În ultimii ani Tommy înclina să tacă în compania fratelui și surorii lui; accesele lui de furie din tinerețe, în care își dădea drumul la gură, încurcându-se în idei, erau rare acum și nu durau mult.

S-o ținem pe Francie în viață, a continuat Anna.

Dar Tommy lăsase de mult capul jos. Fără să spună ceva.

Și, chiar dacă în urmă cu doar câteva ore familia fusese convinsă că mama lor trebuia lăsată să moară, acum, aproape ca din senin, familia a hotărât că, mai presus de orice, Francie trebuia să trăiască.

6

După ce dimineață îi spusese una chirurgului, după-amiază Terzo i-a comunicat exact opusul. Familia, după o lungă deliberare, ajunsese la concluzia că, dacă singura speranță de viață pentru mama lor, oricât de slabă, era operația, atunci să fie operată.

Domnul Ram și-a împreunat mâinile în dreptul bărbiei și și-a atins ușor nasul cu un deget. A spus că, dacă aceasta era dorința lor, trebuia acționat fără întârziere: mama lor trebuia operată imediat.

Aşteptarea părea să nu se mai sfârşească. Într-un târziu domnul Ram a reapărut.

Mama lor trăia.

A trăit şi a doua zi, cum a trăit şi în următoarea. Treptat familia s-a lămurit că se întâmplase aproape un miracol - Francie se însănătoşea, fără complicaţii. După patru zile i-au scos tubul prin care respira. După o săptămână mama lor, deşi slăbită şi obosită, a început să vorbească. Colţul gurii lăsat a rămas, dar mai puţin pronunţat. Domnul Ram era mulţumit. Familia era uimită.

Şi când, după două săptămâni, mama a părut că redevine ea însăşi ba, în unele privinţe, chiar mai bine de atât, cu faţa refăcută şi cu moralul ridicat, fizioterapeuţii s-au declarat şi ei uimiţi, iar familia a fost, fără rezerve, de acord că hotărârea lui Terzo ca Francie să fie ţinută în viaţă fusese cea justă.

7

Terzo a propus ca Francie să fie externată şi dusă în casa părintească. Trebuia, după cum spunea el, doar ca fiecare să facă un *efort*.

Prin *efort* Anna înţelegea că Terzo se referea la mai mulţi bani, fiindcă, deşi fiecare dintre ei o iubea pe Francie în felul său, şi ea şi Terzo erau oameni de succes, deci foarte ocupaţi, iar vieţile lor de succes, atât de solicitante, nu le permiteau să-şi manifeste dragostea petrecând mai mult timp alături de mama lor. Ca să se asigure că Francie îşi va continua viaţa astfel încât să şi-o continue şi ei pe a lor, trebuia, în opinia lui Terzo, să-i cumpere cât mai multe zile cu toată priceperea şi toate resursele care le stăteau la dispoziţie, folosindu-şi toată influenţa şi toate cunoştinţele pe care cu siguranţă le aveau pentru ca mama lor să beneficieze de cea mai bună îngrijire posibilă.

Astfel se stabilea un nou echilibru, o rutină suportabilă în care viaţa să pară din nou posibilă, o nouă viaţă în care fiecare dintre ei se putea întoarce la vechea viaţă.

Pe de altă parte, Tommy, care îşi dedicase o mare parte din viaţă mamei lor, dar nu avea nici banii şi nici influenţa pe care le presupuneau efortul despre care vorbea Terzo, a încetat să se mai bâlbâie şi a tăcut.

Și asta a fost tot.

8

Prima zi acasă, în Sydney, a trecut pentru Anna aproape la fel ca orice altă zi, doar că nu mai avea un deget. Dar, întrucât absenţa degetului nu-i pricinuia durere şi nici mari greutăţi, Anna a hotărât s-o ignore. În plus, a atrage atenţia asupra unui deget lipsă când mama ei era atât de bolnavă, când Gus avea nevoie de atâta grijă din partea ei, când la serviciu se adunaseră mai multe probleme ca oricând, i se părea prea exagerat. O probă de narcisism, chiar de egoism.

Chiar dacă nu voia ca cei din jur să observe, se enerva din orice. Joi, nimeni de la serviciu nu a spus nimic. Vineri, la fel. Marţi seara, când Gus a refuzat din nou să iasă din dormitor pentru un biryani cu carne de pui – mâncarea lui preferată – pe care Anna o gătise special pentru el –, a simţit cum i se urcă sângele la cap; joi, când tot nici o reacţie de la colegi, s-a arătat şi mai iritată; iar după ce Gus din nou nu s-a deranjat să ia cina cu ea, preferând să comande o pizza, care i-a fost adusă mai târziu, a fost în culmea furiei.

În seara următoare era atât de supărată, încât de-abia a aşteptat să se vadă cu Meg la un pahar ca să tune şi să fulgere împotriva lui Gus, să-şi fluture mâna prin faţa prietenei sale şi să-i ceară părerea.

Meg şi-a pus picior peste picior şi i-a spus că fiul ei avea douăzeci şi cinci de ani, nu părea să aibă alt mijloc de întreţinere decât banii mamei lui şi că poate era cazul să se mute de acolo şi să-şi găsească o slujbă.

Nu de Gus este vorba, a zis Anna, ci de asta! – şi a fluturat din mână furioasă – de mâna mea, Meg! De mâna asta *nenorocită*!

9

Meg, care din vanitate nu-şi purta ochelarii de vedere în public, s-a ridicat în picioare aplecându-se atât de aproape de Anna, încât aceasta i-a simţit mirosul de şampon. Meg i-a studiat mâna atent, şi într-un târziu a întrebat-o ce fel de inel purta.

S-a dumirit numai după ce Anna i-a spus să-i numere degetele. Meg i-a zis că de-abia acum vedea că are doar patru degete. Anna i-a explicat că n-a avut dintotdeauna *doar* patru degete, că doar patru degete avea de scurt timp, că întotdeauna avusese cinci degete, ca și Meg, patru și unul mare, ca toată lumea, dar, nu-i așa? era greu de explicat.

Doar un deget ți-a dispărut? a întrebat Meg.

Da, știa, *știa*; necazul era că acum avea patru degete și nu știa ce se întâmplase cu al cincilea, asta i se părea cel mai grav, nu faptul că pierduse degetul, ceea ce, a recunoscut ea, se dovedea mai puțin traumatizant decât s-ar crede. Tocmai ciudățenia acestei dispariții, felul în care dispăruse degetul, fără durere și nu în urma unui accident, faptul că nu-și amintea cum dispăruse, în *asta* consta trauma. Felul în care ceva există până încetează să mai existe. Degetul ei era la locul lui, așa cum sunt toate degetele, mai mult sau mai puțin pentru tot restul vieții, dar când s-a uitat mai bine, a zis Anna, pur și simplu...

Pur și simplu? a spus Meg.

Pur și simplu nu mai era acolo.

10

Meg a comandat două martiniuri mari. Și a spus că are un unchi care te scapă de negi numai dacă se uită la ei. Asta cum se mai explică?

Anna a răspuns că nu știe. Meg a rămas tăcută. Anna și-a privit telefonul - o cascadă de fețe care erau și nu erau în viața ei, prietene, colegi de serviciu, celebrități și un fost amant - cu șase ani mai mare decât ea, cu o soție trecută de treizeci de ani și un nou-născut - toate în cădere, atâția stropi fără noimă, luminați doar o clipă înainte de a se înnegri înainte de a reveni recăsătoriți, necăsătoriți, într-o relație, mereu triumfători, în timp ce jumătate din calota glaciară a Groenlandei se topea, în Franța se înregistra cea mai toridă zi de când se făceau măsurători, un mic marsupial australian era prima specie ștearsă de pe fața pământului de schimbările climatice, iar ultimii rinoceri din Sumatra își dădeau duhul.

Cu o voce care părea deopotrivă speriată și furioasă, Meg a întrebat-o cum naiba se putea întâmpla așa ceva. Anna a ridicat ochii de pe telefon și i-a spus adevărul, adică nu se întâmplase nimic. Degetul ei fusese la locul lui până ce intrase în parcarea din Argyle Street, apoi n-a mai fost.

Meg s-a întrebat dacă nu cumva șocul resimțit în urma îmbolnăvirii mamei o făcuse să-și piardă mințile. Poate că Anna nu-și amintea ce se întâmplase. Fiindcă *ceva* trebuie să se fi întâmplat.

Meg o privea ca pe o fantomă, sau o nebună, sau amândouă, o fantomă nebună, gândea Anna, orice, numai draga ei prietenă nu. Meg i-a spus că trebuia să meargă la doctor. Avea nevoie de ajutor.

Anna a răspuns că intervenția unui doctor era inutilă, locul era vindecat, mai bine zis nici nu fusese vreo rană acolo, oricât de ciudat ar părea, nu simțise nici o durere, nu cursese nici un strop de sânge, nimic *medical*, prin urmare singura soluție la care ar fi apelat doctorul ar fi fost s-o interneze la spitalul de nebuni. Iar ea nu era pregătită pentru așa ceva. Încă nu. Oricum, aproape că se împăcase cu gândul că avea doar patru degete la o mână. Și, la urma urmei, ce se putea face? Bătrânețea înseamnă pur și simplu să-ți pierzi o grămadă de lucruri: auzul, dinții, vederea, judecata iar acum, probabil, părți din corp.

Poate că nu era chiar atât de ciudat.

Meg a zis că Anna nu era bătrână, avea cincizeci și nouă de ani, la cincizeci și nouă de ani nu ești bătrână deloc. Cincizeci și șase, și-a corectat Anna prietena, cât se poate de tăios. Nici cincizeci și șase nu înseamnă că ești bătrână, a consolat-o Meg. Cu siguranță nu ești îndeajuns de bătrână ca să crezi că e normal să dea tiptil lepra peste tine.

Anna a întrebat-o dacă nu cumva e o manifestare stranie a menopauzei. Credea că terminase cu asta, dar, cine știe, poate era o problemă hormonală tardivă.

Meg, care împlinise patruzeci și trei de ani cu două săptămâni în urmă, a zis poate, nu avea de unde să știe, menopauza afecta fiecare femeie în mod diferit, dar nu auzise ca din cauza ei să se desprindă câte o bucată din corp. E noaptea minții, a continuat ea. Să fie un început de demență? și-a dat cu presupusul.

Anna i-a spus să se ducă la dracu'.

Du-te tu la dracu', a replicat Meg. Ridicând o mână în care degetele din mijloc erau strânse în palmă, s-a prefăcut că o flutură la cineva din apropiere. Cinci beri aici! Bunicul meu a fost șofer de camion, transporta cherestea, a zis Meg. Cinci beri era comanda șefului de la gater. Apoi Meg a fluturat două degete în aer și a cerut șase beri.

Anna i-a spus că nu vede nimic amuzant în asta. Meg a întrebat-o dacă se simte jignită și, când Anna a răspuns că nu, Meg a zis că totul e OK.

Ba nu e OK! s-a trezit Anna urlând. Degetul a dispărut!

11

Meg a privit mâna cu patru degete a prietenei sale. Anna a privit-o și ea. Au privit-o amândouă îndelung, dar fără să-și dea seama ce anume nu vedeau.

12

O vreme, lăsând-o în poală, ținând-o sub masă, vârând-o în buzunar sau strângând-o pentru ca absența degetului să fie mai greu de sesizat, Anna a reușit s-o ascundă de privirile altora. Doar *o vreme.* Apoi a uitat și iar a uitat, însă ceilalți nu spuneau nimic. Chiar nu vedeau nimic? Sau vedeau ceva și nu li se părea mai grav decât două degete de la picioare lipite, maxilarul căzut sau nasul rupt?

Oricum, stresul de la serviciu, agravat de vizitele mai frecvente în Tasmania ca să-și vadă mama, a făcut-o să uite cu totul de degetul ei. Treptat, coridoarele spitalului din Hobart i-au devenit la fel de familiare ca strada pe care locuia – tunelurile luminate de neon pe care mergea înfruntând mirosurile amețitoare de dezinfectant și de moarte, pe lângă cărucioarele cu inelele lor metalice, emailate, ciobite, din care atârnau pungile strălucitoare din plastic portocaliu, cutiile cu ace, adevărate guri de rechin, locurile în care te spălai pe mâini cu dezinfectant, târgile pe roți, tăcute, și secțiile în care asistentele se întreceau în bârfe, acest haos copleșitor de semne nu făcea decât să-i accentueze și mai mult deruta.

La fel de familiar ca aceste scene era salutul inevitabil al lui Francie când sosea și o întreba cum se mai simte. Aproape de fiecare dată Francie stătea în capul oaselor, purtând peste cămașa de noapte un cardigan roșu din lână pe care i-l cumpărase Anna, un roșu-magenta care o făcea să pară mai bătrână și mai palidă, dar parcă și... *triumfătoare*. Francie ridica încet ochii, o privea lung și, indiferent de starea în care se afla, zâmbea larg și striga bucuroasă: Ce bine-mi pare că te văd, copila mea! *Hai*... șezi aici și povestește-mi tot ce s-a mai întâmplat.

13

Fiecare vizită începea cu Francie în culmea fericirii, niciodată morbidă; prefera să vorbească despre alții, nu despre ea. Căci durerile și plăcerile lor erau și ale lui Francie și, în comparație cu ele, durerile și plăcerile ei nu contau. Poate că, așa cum spunea Terzo, așa vedea ea lumea. Dar văzând lumea așa, așa venea și lumea la ea.

Tommy sublinia că singurul lucru care ar fi surprins-o pe mama lor în legătură cu soarta ei ar fi fost dacă aceasta ar fi inclus și singurătatea. Francie se înțelegea numai existând prin alții, fie că alții erau asistentele și pacienții – sarea și piperul vieții de fiecare zi, sau poveștile prietenelor și copiilor ei. Nici măcar în închipuirile și coșmarurile ei, nici măcar în visele ei, când bătrânii o îndemnau să urce în căruță, alături de ei, nu era singură.

Asta să fie deosebirea reală dintre trecut și prezent? se întreba Anna din când în când. Dintre lumea în care crescuse mama ei, săracă din punct de vedere material, dar bogată din punct de vedere spiritual, și lumea în care trăia acum, ca și fiica ei: mama ei niciodată singură, ea simțind de multe ori că trăiește într-un iad perfect al singurătății.

Francie se maturizase într-o lume în care sinele – problemele lui, nevoile, dorințele și vanitățile lui – nu avea parte de întâietatea timpului sau de demnitatea reflecției, în cazul persoanelor ce aparțineau, ca și ea, păturii de jos. Toate acestea îi erau refuzate, ca și multe excentricități și privilegii, uneori de import, iremediabil comice. Poate americane. Cel mai probabil.

Ca femeie, ca fiică a unor oameni sărmani, Francie învățase să trăiască prin alții – soți, copii, prieteni, rude, cunoștințe. Pentru acest altruism autoimpus, mama ei plătise enorm, atât în viața profesională, cât și în cea publică și particulară, unde putea să-și pună în valoare întregul potențial – dar, în egală măsură, gândea Anna, un lucru era incontestabil: aici, acum, mereu vie în acea lume a altora, mamei sale i se acorda această recompensă: singurul străin din viața ei era singurătatea.

14

Pe când stătea alături de mama ei bolnavă în acea rezervă anonimă, Anna se trezea uneori că o invidiază teribil, dar era fericită pentru ea și era uimită gândindu-se la ea. Căci mama ei plătise enorm, dar nu era singură.

TREI

1

Mult prea curând, tot ce părea că poate fi controlat de stoicismul mamei, de umorul și curajul ei a scăpat de sub control.

Mutarea preconizată într-un centru de îngrijire care oferea servicii de recuperare menite să pregătească revenirea lui Francie la o viață normală era mereu amânată din cauza dificultăților, mai rare la început, apoi în cascadă – respirație greoaie, dureri în piept, infecții, pneumonie, probleme cu inima, pierderea cunoștinței și a echilibrului, în episoade care păreau să se repete la nesfârșit.

Dacă înainte Francie le povestea despre optimismul medicilor și cuvintele lor încurajatoare, deși, la o privire mai atentă, cuvintele acelea nu erau chiar atât de optimiste și de încurajatoare, acum mama lor nu făcea decât să încline din cap atunci când copiii ei insistau să afle ce spusese medicul la ultima vizită, iar dacă insistau prea mult îi asigura că medicul nu-i spusese mare lucru, doar ce-i spunea *în mod normal*, plus întrebările sâcâitoare.

Curând nu a mai fost doar o problemă, nu au mai fost doar probleme, ci și altceva, ceva ce era și nu era o criză, o avalanșă deprimantă de complicații și complicații la complicații; efecte secundare, efecte secundare la efecte secundare, toate părând că nu se mai termină.

2

În pofida ajutorului pe care i-l dădeau lui Francie, cei trei copii simțeau cum mama lor se topește pe măsură ce micile evenimente, tot mai numeroase - căzături, răceli, tulburări gastrice, pielea care se cojea, ulcerații - începeau să-și facă efectul.

Rareori îi mai întâmpina cu strigătul ei vesel; din ce în ce mai des - după o călătorie lungă, după amânarea rezolvării unei probleme presante, după reprogramarea unor ședințe, după treburi făcute în grabă sau în dorul lelii, conștientă de pierderea unui timp prețios, pe care îl regreta - Anna vedea cum, la sosire, Francie de-abia era în stare să-i perceapă prezența.

În unele zile Francie putea doar să întindă o mână și s-o așeze fără vlagă peste mâna Annei; neputând să vorbească, înclina din cap, gest ce sugera că-și simte capul prea greu, după care îl lăsa să cadă înapoi, pe pernă. La fiecare vizită fața ei părea și mai schimbată, mai răvășită, mai brăzdată de cute, mai ieșită din comun, aproape numai piele și os. Anna avea senzația că își vede mama pentru prima oară, o față înverșunată, cu nasul ascuțit și fălcile mari, de parcă procesul de degradare excava în fiecare zi încă ceva din adevărul pe care fiica ei nu-l știuse până acum.

Găsea mereu flori, uneori prea multe pentru micul dulap, motiv pentru care erau lăsate în picioare pe podea, lângă perete, ca într-un loc sfânt.

Florile o făceau să se simtă ca în preajma Cenotafului de Ziua Eroilor, i-a spus Francie într-una din puținele vizite când încă mai putea vorbi. Doar că, a adăugat ea, prefera să uite, nu să-și amintească.

3

Și totuși, ca și cum patul de spital ar fi fost casa ei, Francie îi oferea de fiecare dată fiicei din puținul pe care-l avea. Cu un gest la fel de lent și calculat precum macaraua care poartă o placă de ciment peste un șantier de construcții, degetele ei subțiri și zbârcite se întindeau tremurând peste pătură cu un biscuit păstrat de la ceaiul de dimineață sau cu un strugure din cei aduși de Tommy cu mai multe zile în urmă. Și propunea ca fiica ei să-și mute scaunul lângă fereastră ca să stea la soare.

Ce zi frumoasă, zicea Francie. Să ne bucurăm amândouă de soare.

De fapt, asta-i mai rămăsese lui Francie, gândea Anna. Un mic petic de lumină care cădea lângă patul ei. Dar și pe acesta îl dăruia bucuroasă.

În trecut, când Anna o vizita pe Francie acasă – ceea ce se întâmpla rar – găsea întotdeauna prăjituri, biscuiți sau pâine proaspătă, din care Anna niciodată nu voia să guste și chiar le refuza răspicat, fără să-și dea seama că mama le pregătise special pentru ea – invitația de a gusta din ele era cea mai mare dovadă de ospitalitate. Mama ei: cea mai primitoare dintre gazde. Și cea mai recunoscătoare.

Și chiar dacă bucătăria familiei nu mai era, cu ceasul electric care rămânea mereu în urmă, în spațiul acela mic care era patul ei de spital rămânea aceeași generozitate a spiritului, aceeași sfidare a ravagiilor timpului. Anna ședea în lumina prăfuită a soarelui și mânca fără poftă biscuitul uscat sau strugurele pălit doar ca o formă de penitență pentru păcatul de a nu răspunde la fel dragostei de mamă.

Și totuși, de fiecare dată când ședea în lumina mamei, simțea cum greutatea vinii dispare ca prin farmec, o senzație pe cât de ciudată pe atât de bine-venită, și cum locul ei este luat de o neașteptată stare de grație.

4

Într-una din vizite Anna și-a găsit mama abătută. Făcând fețe-fețe, Francie i-a explicat că se scăpase pe ea, dar nu voia să cheme infirmiera.

Anna a chemat infirmiera și amândouă au întors-o pe o parte. Mirosul era groaznic, greu de la atâtea vitamine, medicamente și perfuzii. Infirmiera a schimbat repede așternutul și s-a apucat s-o curețe pe Francie. Mama ei a făcut o grimasă de câteva ori, la o atingere sau o mișcare, dar, ca să nu supere prea mult, nu s-a plâns nici măcar o dată.

Anna a luat-o de mână, o mână țeapănă, noduroasă, cu degetele răsucite, strâmbe. Ca de ceară, rece, pielea bătrână ca o piele veche, dată cu ulei. Chiar și lipsită de putere, cu câtă tenacitate o strângea pe a ei! Oasele și pielea se agățau de ea, ca într-o binecuvântare sau ca un mesaj, sau și una și alta și încă ceva pe deasupra.

5

În timp ce o ținea de mână, Anna s-a dus cu gândul la un moment din copilăria ei, când Francie avea o sticluță cu cremă de față numită Ulei de Ulan. Crema era de un roz fanat care îi amintea mereu de niște ciorapi vechi. Uleiul de Ulan era singurul lux pe care și-l permisese mama ei. Anna nu-și amintea nici parfumuri, nici cosmetice. Deși îi plăceau astfel de lucruri, Francie se lipsea de ele.

Anna a găsit o cremă în poșeta ei și, cu mâna teafără a început să ungă încet degetele mamei pentru ca mireasma să acopere duhoarea de fecale și amoniac. I-a uns fiecare deget încet, cu grijă, uimită de pielea tare, de absența flexibilității și de nodurile de la artrită.

Ce mâini bătrâne și urâte, a remarcat Francie. Ar pune pe fugă și un câine de vânătoare!

Anna și-a plimbat ușor degetul mare pe dosul mâinii ei, moment în care Francie nu a mai spus nimic, de parcă ar fi primit un semn – fiica ei o ungea iar ea se relaxa, știind că aveau parte de ceva ieșit din comun, greu de înțeles, mama și fiica, femei care se certaseră de atâtea ori în trecut, care fuseseră atât de mult timp două, acum întorcându-se, chiar şi pentru câteva clipe, la a fi una.

Anna avea oroare de vizitele la spital, de timpul pierdut, de presiunea şi dificultăţile pe care le întâmpina, cu toate acestea, acum, aflată acolo, lângă mama ei, părea că i se luase o piatră de pe inimă. O privea cum înghite în sec, îi privea pielea cojită, pieptul care se înălţa şi se lăsa, gura întredeschisă, tremurul buzelor crăpate.

Cât de mare poate fi efortul de a trăi.

Anna, care fusese de acord cu propunerea lui Terzo de a n-o lăsa să moară pe Francie, în mare măsură și ca să-şi poată continua viaţa la distanţă de mama ei, se afla acum în situaţia ciudată de a o vizita tot mai des. O dată la opt sau zece săptămâni devenise o dată la şase săptămâni, o dată la şase săptămâni devenise, imperceptibil, o dată pe lună, pentru ca, nu peste mult timp, să o viziteze din două în două săptămâni, până când cel mai preţios lucru din viaţa Annei era să stea lângă mama ei în rezerva de spital.

Iar în acea supunere faţă de altă persoană decât ea însăşi se simţea neaşteptat şi ciudat de liberă. Viaţa ei părea un haos până în clipa în care ajungea lângă patul lui Francie, unde, fără complicaţii, cu luciditate, se lăsa cuprinsă uneori de o seninătate inexplicabilă. Şi astfel, cel puţin aşa i se părea, erau lăsate să existe.

Sunt atât de bătrână, Annie, a spus Francie într-un târziu. Atât de bătrână şi de urâtă. Şi a zâmbit. Dar acum cel puţin am o scuză ca să fiu urâtă.

6

Cât timp Anna și-a trecut degetul mare peste cutele de pe mâna lui Francie vara s-a transformat în toamnă, incendiile din Tasmania au încetat, iarna a venit și a plecat, primăvara a sosit și, în momentele tot mai rare în care se gândea la degetul ei lipsă, i se părea o prostie să-și facă sânge rău când o vedea pe Francie, scăpată de obligația unor conversații pe care știa că nu le poate duce, conversații pe care poate nici una, nici alta nu le puteau duce, privind țintă tavanul, suflând anevoie, singurul sunet pe care îl scotea, iar ea aduna și întindea încrețiturile moi ale pielii mamei, lăsată, cu pete cafenii.

7

Când găsea totuși puterea să articuleze cuvinte, lui Francie încă îi mai plăcea să povestească, iar Anna o asculta descriindu-i lucrurile stranii pe care le văzuse. Tipul din rezerva de vizavi, care ținea dihori ascunși în pantalonii de pijama. Spionii CIA care locuiau într-o peșteră chiar dincolo de fereastra ei, cu fețele ca niște plăci goale, de pe care dispăruseră nasul, urechile și buzele, rămânând doar un singur ochi, central, vigilent și îndurerat.

Surprinzător, mama Annei nu se speria de halucinațiile sale. Chiar și atunci când de-abia reușea să deschidă gura, îi povestea despre depresiunile intramontane din fața ferestrei, pline de incendii și de furtuni de nisip, unde, noaptea, într-o zonă femeile stăteau la rând ca să avorteze, iar în alta, ca să participe la orgii, unde refugiații se prefăceau în plante doar ca să piară în flăcări și unde își pierdea timpul vorbind cu vrăjitoarea și cu Constantine[1].

Francie observa nebunia corpului și a sufletului la fel cum un naturalist descoperă în ele ceva oarecum absurd și de multe ori fascinant.

E uimitor, Annie, ce poți vedea atunci când privești cu luare-aminte, spunea ea.

Vedea în ce fel se făcea sex și în ce constau procedurile medicale, remarca stările de extaz, plictiseala, angoasa, indiferența și emoția, zborul și flăcările, percepea un univers al lucrurilor fără să simtă nevoia de a-l judeca. Singura reacție pe care acesta i-o provoca părea a fi amuzamentul.

Totul venea însă în contradicție cu educația ei catolică, foarte strictă. Vechile șabloane pe care le repetase toată viața dispăruseră: Francie în sfârșit vorbea despre lume așa cum o vedea. Femeia aspră care fusese uneori, mama neîndurătoare, penitenta temătoare de preot, care știa că pedeapsa pentru păcatul capital era Iadul: toate aceste idei dispăreau și, odată cu ele, iluziile rezervei de spital împreună cu închisoarea corpului care o trăda.

Ce anume se revela?

Poate că, gândea Anna privind acea femeie bătrână, fragilă, atât de vulnerabilă pe patul ei de spital, aceasta

---

1 Personaj de benzi desenate, vrăjitor-detectiv (n.tr.)

era adevărata ei natură, de care își dădea seama prea târziu – deschisă, blândă și iubitoare. Oare accesele ei de furie, duritatea ei, o ajutau doar să-și ascundă imensele dezamăgiri și durerea nerecunoscută? Acesta să fie costul luptei ei enorme, nerostite?

Francie părea să vadă acea lume în care evada zilnic acum, dincolo de fereastră, cu o uimire plină de recunoștință. Și nu voia să se sfârșească, la fel ca un vis frumos. Căci, dacă halucinațiile ar fi încetat, mama ei s-ar fi dezmeticit și ar fi aflat că, în cele din urmă, praful și flăcările în care își petrecea zilele o mistuiseră nu numai pe ea, ci și pe toți cei cu care stătea de vorbă de parcă ar fi fost niște prieteni dragi pe care-i vedea zilnic.

E un privilegiu minunat, îi spunea fiicei sale. Unde ai mai putea să stai la palavre cu vrăjitoarea și cu Constantine?

8

Pe măsură ce starea de confuzie se accentua, Francie vorbea cu tot mai multă claritate și convingere despre lumea ei, fapt ce o deruta pe Anna, care simțea că poate lumea reală era o iluzie mai mare decât închipuirile de nestăpânit ale mamei. Uneori Anna ajungea la concluzia că singura modalitate de a face conversație era să creadă, cât de cât, în fanteziile ei. Cât de cât.

Chiar dacă nici una dintre halucinațiile lui Francie nu o șoca, a rămas surprinsă când, în timp ce scotea din geantă rufele spălate, mama a întrebat-o din nou ce naiba se întâmplase cu degetul ei. Anna i-a răspuns că nu era nimic grav, se întâmplase demult, un accident de bucătărie.

Din fericire, în clipa aceea Francie, în nici un caz o femeie căreia să-i fie distrasă atenția de la un subiect care îi privea pe copiii ei, s-a întors spre o asistentă care tocmai intrase cu o tăviță plină cu medicația zilnică.

9

Într-una din zile, ca din senin, în timp ce Anna o pieptăna, ca la fiecare vizită, Francie a întrebat-o despre *poezia aia*, știi tu care, despre cum te strică părinții tăi.

Mama ei avusese un păr atât de frumos, des, castaniu, aproape roșcat, și, chiar după ce albise, tot bine arăta. Acum i se rărise de tot.

În timp ce o pieptăna, Anna a răspuns da, știa care.

De Auden? a întrebat mama ei.

De Larkin, a replicat Anna fără să-i corecteze citatul[1].

Larkin? Da. Mda, a făcut Francie, poezia nu spune adevărul. Ne-o facem cu mâna noastră. Sau poate și mai rău, poate așa ne naștem. Poate că unii părinți sunt niște monștri. Dar noi ce suntem? Nu suntem părinți?

---

1 „They fuck you up, your mum and dad", în traducerea lui Dan Sociu „Te-au cam futut, mămica și tăticul tău", din poezia „This Be The Verse" de Philip Larkin. Francie a folosit eufemismul „they mess you up". (n.red.)

Aşezată în capul oaselor pe pat, Francie arăta ca un copil nerăbdător să facă pe placul celor din jur, copilul pe care tatăl ei probabil că îl iubise atât de mult, copilul care se bucura de dragostea despre care ştia că îi aparţine şi care izvora din tatăl ei, neprecupeţită, fără măsură, spre deosebire de maică-sa mereu pusă pe harţă, a cărei dragoste era otrăvită de vina pe care i-o atribuia familia soţului şi de ruşinea pe care o resimţea.

Mă întreb câteodată, a continuat Francie, dacă nu cumva greşeala părinţilor este că-şi exagerează importanţa în faţa copiilor, iar copiii le repetă greşeala.

10

În timp ce peria trecea prin părul rar al mamei, Anna se ferea să vadă scalpul pătat, vizibil printre şuviţe şi smocuri. O pieptăna cât mai blând cu putinţă, cu grijă să nu atingă crusta neagră, cu marginile galben-albastre, unde medicul îi găurise craniul. Mama ei ședea cuminte și tăcută, ca un copil căruia i s-a făcut morală. Preţ de o clipă Anna şi-a imaginat cât trebuie să fi suferit Francie din cauza nebuniei și acceselor de furie ale mamei.

S-a aplecat şi i-a şoptit ceva la ureche.

Ştiu, a spus Francie, ca şi cum ar fi închis o uşă ca să nu mai fie curent şi să le fie din nou cald. Ştiu, copila mea.

Și cu asta a schimbat subiectul, întrebând când va putea să reînceapă fizioterapia şi dacă ar putea să meargă la sala de fitness a spitalului, cum era cunoscută sala de recuperare, ca să facă puţină mişcare pe bicicleta ergonomică.

Iar când Anna a asigurat-o că asta urma să se întâmple cât de curând, că medicii aveau s-o anunţe, Francie i-a spus că, potrivit medicului tânăr, în condiţiile date, se descurca destul de bine. Dar, a adăugat Francie, medicul nu menţionase care erau condiţiile date. Cu alte cuvinte, a încercat ea să ghicească, nu mă descurc deloc bine.

Şi a izbucnit în râs, părând că interpretarea ei pesimistă şi ireverenţioasă faţă de opinia medicului o înveselise. Nu mă simt prea bine, a continuat ea cu un zâmbet trist, dar nu se face să-i deranjez pe medici cu plângerile mele minore. Medicii sunt ocupaţi, au lucruri mult mai importante de rezolvat şi, la urma urmei, o grămadă de bolnavi la care să se gândească.

11

Anna a continuat să o pieptene uşor, mai mult smocuri decât păr, încercând să le aranjeze cât mai frumos şi, mai presus de toate, să-şi aline, să-şi liniştească şi să-şi protejeze mama de tot ce presimţea că vine, un moment de mare gravitate pe care mama continua să-l sfideze în mod miraculos. I-a inhalat mirosul. Lipindu-şi buzele de scalpul ei, a sărutat-o cât mai blând cu putinţă şi i-a inhalat mirosul cu lăcomie.

Poate că Terzo avea dreptate. Poate că mama lor avea şanse să trăiască, măcar aşa, ca acum.

12

Primăvara nu a adus cu ea şi o ameliorare a stării de sănătate a lui Francie. Acum de multe ori adormea în mijlocul unei fraze, cu gura deschisă, cu respiraţia greoaie, întretăiată – ca o pompă de apă care nu mai merge cum trebuie – şi se trezea la fel de brusc ca să o confunde pe Anna cu mama ei, pe Terzo cu tatăl ei sau pe Tommy cu soţul ei, tot mai fericită că-i vede alături de ea, indiferent că erau sau nu ceea ce credea ea că sunt. Şi zâmbea, dezvăluind ce mai rămăsese: un spirit vesel, sfidător şi câţiva dinţi galbeni, unul cu coroană de aur.

Din ce în ce mai des, singurul moment în care mintea ei părea să fie cât de cât coerentă era atunci când privea pe fereastră şi vedea câmpiile acoperite de iarbă, peştera cu umbrele ei, simţea vântul înteţit care-i răvăşea hainele, aerul umed, sălciu, cu miros de turbă, care îi umplea nările şi îi răcorea fruntea cuprinsă de febră, şi iar cutreiera acele locuri interzise, populate de străini cu un singur ochi.

Anna se străduia să creadă că mintea mamei era pur şi simplu obosită, că nu se fărâmiţa şi se împuţina. Dar acum, la fiecare vizită, vedea dovezile împrăştiate pe tot patul ei, incontestabile, de nezdruncinat, copleşitoare. Împrăştiate, pagini de ziare aruncate care-ncotro – unele mototolite, altele făcute ghem, altele cu susul în jos. Francie reuşea să citească un articol-două, dar la fiecare frază înţelesul părea să îi scape şi, oricât de mult s-ar fi chinuit, nu înţelegea ce citeşte.

Acum o găsea la măsuța de lângă pat, cu stiloul în mână, concentrată să scrie într-un caiet pentru copii, cu un ursuleț pe copertă, povești din copilăria ei. Aparenta ei fluiditate pe pagină ascundea un alt adevăr. De-a lungul zilelor și al săptămânilor paginile caietului se umpleau cu un scris misterios care la prima vedere era foarte îngrijit, dar, la o privire mai atentă, nu era decât o imagine a scrisului. Majoritatea literelor erau culcate sau răsturnate sau scrise invers, uneori ca privite în oglindă, alteori cârcelul uneia legat de piciorul alteia sau viceversa, un scris ce părea că se dizolvă, se topește, își schimbă forma, fără nimic solid în el.

Și totuși această imagine a scrisului, imposibil de citit și de înțeles, care se întindea pe multe pagini, însemna ceva pentru Francie. Atât timp cât scria, Francie știa povestea și încotro se îndreaptă. De-abia când se oprea și recitea ce scrisese nu înțelegea nici un cuvânt.

Și atunci nu se mai oprea din râs.

Nimic nu i se părea mai amuzant decât convingerea că gândurile puse pe hârtie însemnau ceva când, de la început și până la sfârșit, ea nu făcea decât să joace o farsă, lungă, complicată, propriei persoane. Greu de crezut că altceva i-ar fi provocat o plăcere mai mare, nici măcar să descopere în acele litere întoarse și răsturnate însăși povestea pierdută. Fiecare literă era, nici mai mult nici mai puțin, un mister care însemna doar pierdere, derută, uluire.

Probabil că, își spunea Anna, așa percepea mama ei lumea acum, atât de fracturată, încât nu o putea reconstitui în minte. Imposibil, oricât de mult ar fi încercat, dar important era că încearcă, de parcă tot ce o înconjura - asistentele medicale, aparatele, tuburile, durerea, gustul acru din gură de la medicamentele cu care era îndopată - de parcă toate acestea erau o pilitură de fier, și, dacă își punea în funcțiune magnetul minții îndeajuns, cu destulă forță, le putea ordona, le putea găsi locul în viața ei.

Dar, desigur, nu avea cum să facă așa ceva.

Printre paginile de ziar aruncate de-a valma, Anna vedea uneori și un roman pe care îl citea Francie, *Teatrul lui Sabbath* de Philip Roth, aceeași carte pe care i-o împrumutase, inexplicabil, o asistentă când Francie ceruse ceva modern, aceeași carte pe care o citea de trei luni, cu un semn roșu care la un moment dat era la sfârșitul cărții și în alte dăți, la început sau la mijloc, Francie citind la întâmplare doar cuvinte care nu mai aveau nici un sens pentru ea, încă o ancoră aruncată în gol de care se chinuia să se agațe.

La început, când încă mai înțelegea cuvintele și realitatea, a întrebat dacă acum oamenii chiar făceau sex ca în carte.

Când, stânjenită, Anna a răspuns că nu era sigură, că *Teatrul lui Sabbath* era într-un fel o carte depășită, că acum situația se schimbase, dar bănuia că da, poate că da, așa se făcea acum, Francie a replicat veselă: Ei, drăcie!

În ultimele săptămâni însă, hotărârea ei de a citi romanul devenise, cel puţin aşa i se părea Annei, aproape o formă de curaj dement, ca şi cum Francie ar fi căutat în paginile lui o hartă, o busolă, pe care nici o carte nu o poate oferi. Într-una din zile, privind lung la carte, Francie s-a întors, şi-a înşfăcat fiica de încheietura mâinii, a tras-o spre pat şi, uitându-se în ochii ei, a implorat-o să o ia acasă.

Te rog, lasă-mă să stau cu tine.

13

Era prea mult. Cu nevoile fizice atât de complicate ale mamei, însemna să renunţe la serviciu, să angajeze oameni ca să fie în casă toată ziua, un deranj prea mare şi neavenit, cu multe bătăi de cap. Pe de altă parte, respingea insinuarea potrivit căreia fiica şi nu fiul trebuie să facă un astfel de sacrificiu. Nu numai că era prea mult, era şi nedrept, ba chiar mai mult decât nedrept, era imposibil.

În sufletul ei însă simţea că nu e imposibil. În sufletul ei simţea că e greu. Foarte greu. Dar nu imposibil. De ce să nu moară mama ei împăcată cu sine, acasă la fiică-sa, în loc să se chinuiască pe un pat de spital? Anna simţea că e un test pe care-l picase în mod lamentabil. Şi de-abia acum îşi dădea seama că era un test. Testată fiind, aflase care e situaţia. Nu era deloc egala mamei, pe care o abandonase fără milă singurătăţii şi angoasei unui spital. Era, îşi dea seama acum, o laşă.

Nu a răspuns rugăminţii mamei.

Ca un copil, mama i-a promis că nu o va supăra cu nimic.

Și, ca un monstru, Anna i-a spus nu mamei.

14

După refuzul fiicei, Francie a fost prea obosită ca să mai vorbească sau poate că nu mai avea ce să-i spună, drept care a întors capul spre fereastră şi priveliştea de dincolo de ea. A privit lung, pierdută, la capătul puterilor, sau reflectând, sau şi una şi alta, sau cu totul altceva – trădare, amintiri, rugăciune, regrete – imposibil de ştiut. După o lungă tăcere s-a întors spre fiica ei.

E atâta frumuseţe în lumea asta, a spus ea încet, răguşit, uimită parcă de o descoperire pe care o aştepta de o viaţă. Dar noi n-o vedem decât atunci când e prea târziu.

PATRU

1

Ca să evite privirea mamei, Anna s-a concentrat asupra păturii de pe pat și a căștii de pe ea din care răzbăteau sunetele metalice ale unui cântec. Un cântec vag familiar, ceva din copilărie. O clipă mai târziu a recunoscut chitarele cu douăsprezece corzi, cornurile, armoniile și refrenul antrenant, la pian – era „I Go to Pieces". Banalitate sincopată, și-a spus ea, geniul celor trei minute de muzică pop adus la perfecțiune în anii '60, compact ca un sonet, ridicol ca prima dragoste.

A urmărit melodia care se îndepărta încet spre locul în care era prinsă ca într-o capcană, undeva, prea departe ca să și-o amintească din nou, unde se afla și Ronnie. Ronnie, pe care îl asocia cu lumina scânteietoare a dimineții, cu gustul valurilor, cu un soi de nesăbuință care o fascinase mereu, cum îi fascinase și pe alții, cu un entuziasm de moment provocat de câteva cântece din anii '60, melodii luminoase, ritmice, colorate Kodachrome, care se demodau și se măcinau repede, ca niște cutii vechi din plastic pentru margarină, care se dezintegrau în soarele de pe Plaja Hawley, unde locuiau atunci. Ce mult l-a iubit! Ce dor îi era de el! Vuietul valurilor care clătina căsuța înaltă, din lemn, în care trăiau, nisipul de pe linoleum, trosnetul lemnelor în focul de dimineață, sângeretele din tigaie, zilele senine când Radio Melbourne se prindea tocmai din Australia, lumea mare care se întindea peste oceanul vast spre insula lor îndepărtată, sunetul metalic al cântecului „I Go to Pieces“ pe 3AW, cerul atât de albastru, atât de strălucitor, atât de întins, atât de demult încât închidea ochii și se întorcea spre soarele trandafiriu ca să simtă lumea cândva atât de mare și de ademenitoare, ca niște haine care speri să-ți vină cândva, și, în inima ei caldă, călăuză, emblemă, floarea ei cea mai luminoasă, Ronnie.

Ce s-a întâmplat? Ce s-a întâmplat?

2

Terzo a sosit când Francie îi povestea Annei despre câmpia împânzită de focuri de dincolo de fereastră. Nu i-a luat mult ca să se enerveze și să încerce s-o convingă pe Francie să nu-și ia visele în serios, doar niște amărâte de halucinații provocate de medicamente, și să nu mai vorbească despre ele de parcă ar fi adevărate.

Pentru Terzo nu era suficient că mama lor nu murise. Nu era suficient că mergea pe marea ei de vise cu ochii deschiși. După părerea lui, Francie trebuia *să trăiască exact ca noi*, rațional, într-un univers rațional. Și, dacă tot nu era vorba de moarte, nu putea fi vorba nici de o altă viață.

Francie a ridicat ochii spre Anna după ajutor. Anna a privit lung, dincolo de mama ei. Nu a apărat-o nici pe ea, nu i-a apărat nici halucinațiile. Iar Terzo a continuat să facă spume la gură, o furie care părea să nu se mai sfârşească.

3

Într-un târziu s-a oprit. Şi, când Francie a renunţat să mai privească dincolo de fereastră şi a vorbit, cu ochii ei apoşi neobişnuit de hotărâţi, de înverşunaţi, tonul vocii a fost cu totul diferit; calm şi sigur.

Cel mai bine ar fi să plecaţi, atât a spus. Amândoi.

4

Anna s-a întors la Sydney. Tommy şi-a rugat fiul, pe Davy, să stea cu Francie ca să-i ţină de urât. Anna i-a dat nişte bani încercând să nu considere că aşa scăpa de vină. Viaţa şi-a reluat cursul obişnuit şi grijile ei obligatorii - proiecte eşuate, compromisuri privind designul, dilemele personalului, imposibilitatea de a atrage mai mulţi colaboratori, clienţi şi antreprenori. Iar la gândurile legate de starea critică a mamei se adăugau micile necazuri ale prietenilor, grija faţă de fiul ei, insomnia cronică de acum, rutina treburilor gospodăreşti şi naveta, mania mişcării care părea să fie parte integrantă din munca ei.

În acea lume banală la care revenise, degetul ei lipsă se transforma într-o enigmă, un mister pe care îşi dorea mult să-l descifreze. A telefonat la cabinetul medicului de familie şi s-a programat pentru o „problemă la deget". Întrebată de asistentă dacă problema era urgentă, Anna a răspuns că nu chiar, fiindcă, din punctul ei de vedere, nici nu era; motiv pentru care programarea a fost stabilită peste zece zile.

După trei zile i-a dispărut genunchiul stâng.

5

Anna stătea în apartamentul lui Meg din Rozelle, tocmai se pregătea de culcare, când a observat ceva ciudat la piciorul ei stâng. Când și-a trecut mâna peste el, de la coapsa mai cărnoasă a trecut direct la pulpa mai osoasă. Ca un cârnat mai subțire la capete, întărit de un singur os lung cu un manșon de cauciuc la punctul de pivotare, fiindcă în momentul în care l-a flexat nu a simțit nici o durere în picior.

S-a așezat, s-a ridicat în picioare. S-a lăsat pe vine. Încă o dată. A ridicat piciorul cât a putut. A încercat o forfecare. Gâfâind din greu, s-a gândit că, deși toate aceste mișcări îi puteau provoca un atac de cord, piciorul își îndeplinea toate funcțiile, ca orice picior normal.

Doar că, acolo unde nu demult un genunchi își făcea datoria – datorie de care acum, inexplicabil, nu mai era nevoie – nu mai era nimic. Nici o articulație care să-i lege coapsa de pulpă.

Genunchiul dispăruse.

Anna se simțea extrem de ciudat. Nu șocată, ca atunci când își pierduse degetul, nici panicată. Doar ciudată. Sigur, picioarele nu fuseseră niciodată punctul ei forte, deși bărbații păreau să le găsească îndeajuns de atrăgătoare când era tânără. Dar ce nu-i atrage pe bărbați când ești tânără? Și ce-i atrage când ești bătrână? În ultimii ani picioarele i se îngroșaseră. Nu-și dorea deloc să-și vadă din spate coapsele, dar, din când în când, își închipuia cum arată doar privind îngrozită femeile care mergeau în fața ei. Din ce în ce mai păroase. Genunchiul ei stâng, ca și cel drept, începuse să arate ca o cuvertură mototolită. În zilele reci o durea. Dacă se gândea mai bine, nu mai era nimic de el.

Acum însă dispăruse. Și, chiar dacă nu mai avea o părere bună despre el, își dădea seama că-i lipsea. Dar, ca și bourul, dispăruse. Ca și tigrul tasmanian și Walkmanul. Ca și frazele lungi. Ca și verile fără fum. Dispărute, fără să se mai întoarcă vreodată.

6

Meg își fixase gutiera ca să nu-i mai scrâșnească dinții noaptea, încă un motiv ca flecăreala ce preceda somnul să devină o chestie tot mai abstractă pentru Anna și Meg. Meg adormea scoțând niște zgomote bizare, ceva între masticația unei vaci și mârâitul unui câine care a luat nitrazepam. Deși Anna nu era familiarizată cu nici unul dintre ele, o auzise pe Meg și îi era de ajuns. Anna le numea mor-mor.

I-a șoptit numele. Meg, care stătea cu spatele la ea, a scos un fel de nechezat care s-a prefăcut într-un oftat somnoros. Anna i-a șoptit că, după toate aparențele, îi dispăruse un genunchi. Meg a mai scos niște zgomote, mai joase. Moment în care Anna a țipat: Termină cu mor-morul! Meg! Mi-a dispărut un genunchi! *Iar ție puțin îți pasă!*

Meg s-a ridicat în capul oaselor și și-a scos gutiera. A întrebat-o dacă mai poate merge, iar Anna i-a răspuns: Da, Meg, *bineînțeles*, ca la întrebarea cea mai stupidă din lume; evident că, și cu genunchi și fără, voi putea merge fără probleme.

OK, a zis Meg și a întrebat dacă o doare. Anna a răspuns că nu.

OK, a zis Meg și a întrebat cum poate merge fără un genunchi. Anna a răspuns că nu are idee.

OK, a zis Meg. Și-a fixat din nou gutiera, s-a întins la loc, a consolat-o cu un mormăit și în mai puțin de un minut a adormit.

După o vreme Anna s-a vârât în Meg, lipindu-și piciorul fără genunchi în cupa genunchiului ei, o senzație insolită, pe care nu o putea defini. Cu siguranță va trebui să contramandeze programarea la medic. Dar ce scuză să invoc? se întreba ea în timp ce se lăsa învăluită de somn. Pot spune că degetul nu mai e o problemă. Da, da, cel puțin asta e adevărat.

7

Apoi totul s-a năruit.

8

Treptat la început, apoi repede, la început mici detalii care de-abia mai târziu au arătat cât de importante erau, până s-a iscat o avalanşă de veşti proaste despre starea de sănătate a lui Francie, un iureş imposibil de oprit.

Într-una din zile Tommy a sunat-o ca să anunţe că Francie suferă de incontinenţă. Peste o săptămână Tommy a sunat-o din nou, cu vocea schimbată.

Sărmanul Tommy! Felul aproape efeminat în care se bâlbâia când era agitat, atât de deosebit, îşi spunea Anna, de vocea puternică a lui Terzo şi tonul declarativ, poruncitor, care nu admitea replică. Tommy ar fi trebuit să fie cântăreţ sufi, spunea Terzo – în stilul lui, pentru care cruzimea părea a fi un compliment – modulaţiile pe care le scoate tânjind după o transcendenţă pe care dragul nostru Tommy n-o va atinge niciodată. Până şi Tommy râdea, cum râdea mereu de asprimea cu care îl trata fratele lor.

Tommy a continuat să se bâlbâie, spunându-i cât de bine se simţise Francie, cum o dată chiar o scosese din spital ca să-şi viziteze nişte rude în vârstă. Şi fiindcă Francie se simţea atât de bine, fiindcă vezica urinară bolnavă era unul din duzina de neajunsuri minore pentru care Tommy nu voia să-şi facă griji, amândoi erau atât de o-o-ocupaţi iar el nu *gă-gă*-găsea... oricum, a continuat el, medicii îi introduseseră un cateter care dusese la infectarea tractului *u-u*-urinar.

Nu, Tommy nu ştia de ce.

Tommy a spus că nu era nevoie ca Anna să vină la Hobart ca s-o vadă pe Francie. Medicii îl asiguraseră că vor rezolva problema, bineînţeles, şi că Francie se va face bine. De asemenea, când Tommy a sunat-o din nou ca s-o anunțe că mama lor, ducându-se la toaletă într-o dimineață fără cadrul de mers, căzuse și își fracturase femurul, Anna nu a intrat în panică. Fractura, aproape de unde începea coapsa, era, slavă Domnului, mică și, cu odihna la pat, se putea vindeca destul de repede.

Peste cinci zile Tommy a sunat din nou, la miezul nopții. De data aceasta bâlbâiala a durat o jumătate de minut. Iar la sfârșit Anna și-a rezervat un bilet la primul avion spre Tasmania la care a găsit locuri. Avionul a decolat din Sydney a doua zi, la ora șase dimineața.

9

S-au întâlnit acasă la Tommy, o casă din Howrah în stilul anilor ’70, cu aerul aproape irespirabil din cauza dimineții toride, cu tavanele joase, cu camerele minuscule, cu structura și mobila din lemn de pin dată cu lac metalizat. Puteai să lași lemnul cum era, i-a spus Anna în gând.

Tommy se bâlbâia – că vorbise cu medicii. Starea lui Francie, departe de a se ameliora, se înrăutățise. Terzo, care venise și el, a spus că după părerea lui medicii vor rezolva problema infecției tractului urinar.

Tommy l-a contrazis.

Și apoi, într-o frază limpede, au aflat vestea proastă.

Infecția tractului urinar dusese la septicemie, care la rândul ei provocase un colaps renal. Rinichii lui Francie nu mai funcționau.

Terzo a tresărit, dar numai o fracțiune de secundă. O veste proastă, într-adevăr, a zis el. Dar nu cea mai proastă, a adăugat înseninându-se la față. Poate face dializă, știu că e greu, dar e mai bine decât să moară, nu?

Atunci, fără să greșească o singură consoană, Tommy le-a spus că, dacă Francie ar fi putut face dializă, ar fi început-o deja. Politica spitalului era ca nici un pacient trecut de optzeci și cinci de ani să nu facă dializă.

Francie avea optzeci și șapte de ani.

10

O clipă nici chiar Terzo nu și-a găsit cuvintele. Când Anna a fost în stare să întrebe de ce o astfel de politică, Tommy a răspuns că medicii îl asiguraseră că nu avea nici un rost. Așa au spus ei. Că sub dializă calitatea vieții persoanelor foarte în vârstă este teribil de redusă, iar prognoza rămâne sumbră sau chiar mai rău. Viața ei, a continuat Tommy în felul lui calm de a fi, n-ar mai fi viață deloc. Mama n-ar mai putea face nimic; când n-ar mai fi conectată la mașinăria aia efectele dializei ar face-o să doarmă tot timpul. Așa ceva nu s-ar mai chema viață. În plus, medicii îl avertizaseră că, ținând cont de celelalte probleme de sănătate, numeroase, ale lui Francie, exista riscul unor complicații ce puteau fi fatale.

Așa spuseseră.

Terzo a întrebat: Ce fel de complicații?

Tommy nu știa sigur. Când Terzo a întrebat cum îl chema pe medic, Tommy nu a fost sigur nici de asta. Au nume și renume, a răspuns el, desigur, o femeie și un bărbat, dar le uitase numele, medicii se roteau între ei, unul devenea următorul, cel dinainte revenea, nu se simţea nici un progres, nici o evoluţie, fiindcă nici un medic nu era ultimul medic şi fiecare medic era acelaşi medic și nici o conversaţie nu începea, nu se sfârşea, ci pur și simplu se mişca în cerc; medicii citeau observaţiile, bolboroseau ceva, nu puteau spune cu convingere dacă Francie arăta mai bine sau mai rău, dacă starea ei se ameliora sau o lua la vale. În schimb vorbeau despre semne vitale, hemoleucograme, niveluri și alte măsuri. Da nu poate orice.

Tommy a găsit nişte însemnări pe care le făcuse în grabă pe un plic. Medicii lui Francie recomandau o aşa-numită *îngrijire renală non-agresivă*. Asta nu înseamnă, citea Tommy cu voce tare, absenţa îngrijirii sau refuzul de a o îngriji, ci tratarea multiplelor afecţiuni ale mamei printr-o *abordare intensivă care pune pe primul loc confortul.*

Ce-o mai fi însemnând şi asta, a zis Terzo.

Șt-șt-știți, a continuat Tommy, eu vă spun ce mi-au...

Ce ţi-au spus?

Ce mi-au spus.

Când Anna a întrebat cât ar fi putut să dureze acest lucru, Tommy a îndepărtat plicul de ochi ca să vadă mai bine și a spus f-f-foarte greu de anticipat cu o anumită precizie.

Cei trei au discutat ce-ar putea însemna termenii respectivi. Imposibil de ştiut.

Dacă îngrijirea renală non-agresivă înseamnă că mama nu va fi supusă unor tratamente îngrozitoare inutile, n-ar trebui să fim de acord cu asta? a întrebat Anna. Și să nu insistăm pe aceste tratamente îngrozitoare?

Chiar și lui Terzo începea să-i surâdă această idee când l-a întrebat pe Tommy cât credeau medicii că se poate supraviețui cu această formă de îngrijire în comparație cu dializa.

Tommy a răspuns că-i întrebase și asta. Poate o săptămână, poate două. Poate chiar mai mult.

Terzo a început să urle la Tommy, doar îi zisese limpede că nu e de acord cu așa ceva, de parcă fratele lui ar fi făcut parte dintr-un complot care urmărea uciderea mamei lor.

Tommy a răspuns bâlbâindu-se că le spusese deja.

Terzo a continuat să urle la el, tot ce spusese Tommy era că e greu de anticipat.

Tommy a răspuns bâlbâindu-se că nimeni nu putea afirma cu certitudine că moartea mamei avea să survină marțea următoare, la ora nouă, sau sâmbătă, la ora două; medicii nu erau prezicători...

Terzo a clătinat din cap și a întrebat din nou cât mai avea de trăit mama lor.

Tommy a răspuns că două-trei-săptămâni. În cel mai bun caz. Nu mai mult.

11

Terzo a rămas tăcut, moment în care, gândea Anna, nu știai la ce să te aștepți de la el. Într-un târziu, Terzo a spus printre dinți că medicii sunt oamenii interesului;

o sugativă de bani pentru sistemul medical. Cu voce sacadată, aproape afectată, amintindu-i Annei de vocea agentului de bursă, vocea care le spunea clienţilor să nu se piardă cu firea după ce au pierdut şase-şapte milioane la o afacere sau alta, Terzo a întrebat de ce spitalul mai cheltuia bani pe o persoană despre care medicii oricum au hotărât că va muri.

Tommy era enervat la culme; faptul că se bâlbâia, că nu-şi găsea cuvintele, că-i tremurau şi faţa şi buzele o scotea mereu din sărite pe Anna, care îl tot aştepta să spună ceva coerent. Medicii au zis, a reuşit să îngaime Tommy, că nu mai pot face nimic; că *am trecut la faza următoare.*

De parcă a muri ar fi fost doar o fază, precum adolescenţa, şi nu moartea însăşi, şi-a spus Anna. Şi-a scos telefonul a intrat pe Instagram a citit că specialiştii în sănătatea publică avertizau oraşele să se pregătească pentru evacuări în masă populaţia indigenă se temea că temperatura în Australia Centrală devenea periculoasă pentru oameni oraşele rămâneau fără apă Australia îşi încheia anul cel mai torid din istoria ei deşi cineva spunea că nu e adevărat, că buletinele meteorologice oficiale erau măsluite ca să arate că temperatura în Australia era mai suportabilă în trecut faţă de acum. Nu, acestea nu erau frânturi din realitate, şi-a zis Anna. Realitatea însăşi era frântă. A dat *like* unei meme, a dat *share*, a dat *follow*, nu mai ştia dacă incendiile fuseseră stinse chiar dacă începuseră cu adevărat. Lucruri care s-au întâmplat ieri erau lucruri care se întâmplau azi și lucruri care nu se întâmplau mâine erau vești răsuflate cu câteva luni în urmă. N-a fost mai departe de ieri? Viitorul era acum?

12

Anna și-a lăsat telefonul jos și i-a spus lui Tommy că, evident, medicilor nu le pasă dacă moare Francie. Clar ca bună ziua. Terzo a început să urle din nou. Într-un fel, faptul că săreau cu gura pe Tommy era un joc vechi, început demult, după moartea lui Ronnie.

Tommy a zis că parcă ar fi în boxa acuzaților – dar s-a oprit în mijlocul frazei. Și-a revenit, a adăugat că trebuie să se descurce cum poate în fiecare zi, că e singur aici, că trebuie să ia cele mai bune decizii în condițiile date.

Terzo l-a asigurat că nu e singur, că e absurd, nimeni nu-l critică pe Tommy.

Dar nu este adevărat, a gândit Anna. Chiar dacă le convenea ca Tommy să creadă asta. Tommy a început să plângă, spunând că cei doi credeau că nu a ajutat-o pe Francie îndeajuns, că nu-i ieșea nimic, niciodată.

Cei doi l-au lăsat să creadă și asta.

13

Nu era adevărat însă. La urma urmei, Tommy fusese alături de mama lor în ultimii ani, el o hrănise zilnic; el îi achitase facturile, îi reparase ferestrele, încuietorile la uși și aparatele de uz casnic, el ținuse casa în funcţiune, el o dusese pe la toţi medicii, el aşteptase cu ea să intre la audiolog, la optician, la dentist, la medicul de familie şi la specialişti; el gătise, făcuse curat şi spălase rufele, adesea dormind în dezordinea, în haosul care copleşeau casa cândva imaculată a mamei lor în nopţile în care Francie avea accese de panică sau era doar deprimată.

La amintirea petelor de grăsime, a urmelor de mâncare de pe covor, a toaletei fetide, a aşternutului ce-ţi lua nasul din loc, Anna simţea cum se sufocă. Asta o făcea să sufere cumplit. Mizeria în care ajunsese să trăiască mama ei, fără să-şi dea seama.

Iar Tommy era cel care, după puterile lui, se ocupa de toate aceste lucruri.

Nu ea.

Nu Terzo.

Tommy.

Altruismul lui Tommy o irita tocmai fiindcă ei îi lipsea. În astfel de momente se simţea mică şi meschină, dar asta era situaţia, ei îi lipsea, şi îl ura pe fratele ei, care îl avea cu prisosinţă.

Ei îi lipsea şi, oricât de ruşine i-ar fi fost să recunoască, pentru ea altruismul lui Tommy era o formă de slăbiciune, ceea ce o făcea să-l dispreţuiască şi mai mult. În sinea ei ştia că Terzo simte acelaşi lucru, motiv pentru care, împreună, nu pierdeau nici o ocazie ca să-l pedepsească pe Tommy pentru inima lui mare. Anna ştia de ce nu ştia de ce.

Pur şi simplu ştia.

14

Terzo i-a spus lui Tommy că făcea o treabă extraordinară.

Anna i-a spus lui Tommy că, într-adevăr, făcea o treabă extraordinară.

Tommy a început să plângă şi mai tare, spunând printre sughiţuri că a încercat, dar e atât de greu, al naibii de greu.

Sigur că e greu, a zis Terzo.

Știm că e greu, a zis Anna.

Cu cât o ajuta mai mult pe mama lor să trăiască independent, cu atât situația se înrăutățea, iar Francie devenea mai dependentă; uneori Tommy se întreba dacă nu cumva ajutorul pe care i-l dădea pur şi simplu îi provoca declinul.

Da, a zis Anna, ca și cum Tommy, chiar dacă nu era de vină, parcă totuși era.

Sigur, a zis Terzo.

Tommy a continuat să plângă. Ce să fac? și-a întrebat el fratele și sora. Nu mai am nici o idee.

Da, a zis Anna, de parcă Tommy nu făcea decât s-o calce pe nervi, da, da, Tommy.

Nu avea milă de el şi nu ştia de ce nu avea milă de el, dar aşa se întâmpla mereu între ei, confesiunile şi cruzimea, compătimirea și plânsul o întristau, o îngrozeau chiar, însă şi ea şi Terzo continuau pe acelaşi ton.

Am făcut tot ce-am putut, spunea Tommy, dar nu mă pot pune în gură cu cei în halate albe. Care se pricep să prezinte absența oricărei opțiuni ca pe o opţiune, ca şi cum moartea ar fi totodată inevitabilă şi opţională. Cum să fie asta o opţiune? Cum să fie ăsta un lucru bun? Nu, trebuie să facem ceva. Dar eu unul nu ştiu ce anume.

CINCI

1

Cei trei medici care au venit să stea de vorbă cu familia a doua zi dimineață au fost politicoşi la modul profesional, genul de politețe pe care Anna îl asocia cu superioritatea studiată. *Ea a întrebat ei au insistat* pe îngrijirea modernă care presupunea acordul pacientei au spus care erau şansele care nu erau şanse deloc, o cursă dinainte câştigată, într-o singură direcție, adică soarta lui Francie. Misiunea lor era să salveze, nu să condamne, nu? şi-a zis Anna.

Între timp Francie părea incapabilă să mai străpungă ceața care o învăluia zi de zi, încetul cu încetul. Nu aveau cum s-o informeze despre ce se întâmpla. Cum să fie de acord cu ceva ce nu înțelegea? Poate ca să-şi păstreze demnitatea, să dea impresia de luciditate, acum Francie se declara de acord cu toți şi cu toate, înclinând uşor din cap, tot mai des, chiar dacă nu era nevoie de aşa ceva. Ca aproape de fiecare dată. Dacă-i spunem să alerge goală-puşcă în jurul spitalului, şi încă de trei ori, sigur se conformează, a zis Terzo. Doar că, a subliniat Tommy, Francie nici nu poate să stea în capul oaselor fără ajutor.

Anna şi-a verificat telefonul, chipurile primise un mesaj urgent. Şi-a cerut scuze – o problemă de serviciu – privind solemn ecranul. Era un fel de consolare perversă în teama provocată de cea de-a șasea extincție, nivelul crescut al oceanelor, Antarctica tocmai avusese cea mai caldă zi din istorie în timp ce în rezerva cu aer condiționat era răcoare. Prognoza pentru Hobart era de 41°, dar, ce Dumnezeu, aici era Tasmania, Elveția sudului, *vă rog frumos*, nimeni nu mai avusese parte de o vreme ca asta, care nu se mai termina, chiar și acum, când era primăvară sau era toamnă sau încă iarnă? Anna s-a dus cu gândul la smogul pricinuit de incendii care atârna deasupra orașului Sydney, amestecând dimineața cu miezul zilei și după-amiaza, fără umbre sau cer care să-ți spună altceva, o pierdere a noțiunii timpului pe care o resimțea și ea. Era ziua de azi de ieri sau de mâine? Toate aceste lucruri o apăsau tot mai insistent, poate nu la fel ca starea de sănătate a mamei, care nici n-ar fi vrut să o apese atât de mult.

Tomografiile arată, a început un medic, iar altul a continuat o *deteriorare cu viteză medie doar medie – concomitent cu intensificarea unei slăbiciuni care ar putea... reduce durerea și ușura respirația deși acest lucru ar putea afecta și mai mult...*

Până când, din nou, cei trei copii nu au mai înțeles nimic.

2

În timp ce Anna asculta cum medicii le vorbeau despre noi teste, despre medicamente care își schimbau dozele și tipul, despre alternarea unor metode de îngrijire, ca și cum corpul lui Francie, acum aproape un sac de piele care-i ținea la un loc oasele ca niște bețe, nu aparținea unui animal bătrân și fragil, ci unei mașinării complexe a secolului XXI a cărei funcționare putea fi asigurată de tehnicieni și ingineri care-i ungeau, înlocuiau, lubrifiau și alimentau piesele componente. Într-un fel, această abordare i se părea extrem de brutală, dar nu avea idee de ce era brutală și cu ce ar fi putut fi înlocuită.

Când, mai târziu, s-a gândit la asta, s-a întrebat dacă nu cumva tot acest limbaj de specialitate, această absență crasă a clarității, era și amăgire și adevăr, o mostră de sfidare arogantă și o recunoaștere a umilinței, fiindcă oricum toată lumea moare, Francie mai curând decât marea majoritate, și tot ce se poate face pentru oricare dintre noi sunt niște lucruri mărunte, de formă, și nu unul, la sfârșit, care să schimbe ceva în mod radical.

Oare numai atât se poate face? s-a întrebat Anna. O schimbare a așternutului murdar în fiecare zi, cu mai mult dichis, o prelungire a ritualului îngrijirii și preocupării, la fel de necesar și de anodin ca orice alt ritual? Dacă tot ce rămâne până la urmă e doar încă o formă de vindecare prin credință? E chiar atât de diferit, gândea Anna, de șamanii care îngânau ceva la capul bolnavului și îi scoteau, ca prin miracol, o pasăre din burtă?

Aproape ca un reflex, a zis repede: Scuze! De la serviciu! Și, întorcându-se cu spatele la mama ei, și-a verificat din nou telefonul. Apatică, a intrat pe Instagram şi a văzut taberele de noi refugiaţi de pe plaje bidonviluri apărute peste tot. Incendiile mistuiau pădurea tropicală în locuri în care nu fuseseră incendii niciodată nu era nici măcar începutul sezonului de incendii experţii recomandau părăsirea caselor fiindcă focurile erau prea mari şi imposibil de stăpânit. Apa nu mai era potabilă, postase cineva, fără electricitate comunicaţiile erau întrerupte. Totul arăta ca Delhi poate că australienii erau noua lume a treia? Tocmai reposta un clip pe care nu-l văzuse, despre interioarele create de Rem Koolhaas, când l-a auzit pe Terzo spunând: Familia crede că dializa ar fi o opţiune mai bună. Anna a ridicat privirea şi a înclinat din cap, cu un murmur de aprobare, pentru ca, peste o clipă, limbajul de specialitate să devină direct şi mai opac *au vorbit au spus* extrem de periculos s-au împotrivit aceasta nefiind politica spitalului, da, a zis Anna, da.

Şi totuşi, acest sfat al medicului nu i se părea deloc un sfat al medicului, se repezise în ei ca o bilă de demolare, cu greutatea unei ştiinţe irefutabile, cu certitudinea experienţei acumulate de-a lungul anilor şi al deceniilor, încărcată de secole de suferinţe observate, uşurate şi cauzate, o greutate imensă care strivea orice sentiment omenesc.

Împotriva lui obiecţiile lor păreau banale, chiar sentimentale, fragile, uşor de combătut, bazate doar pe cea mai slabă dintre emoţii, mila. Oameni, păsări moarte, scrum. Şi, în timp ce continuau să discute, explicaţiile medicilor deveneau din nou o încâlceală de cuvinte ce depăşea înţelegerea celor trei, deşi mesajul lor era clar.

3

Mama lor urma să moară. Acum toţi trei trebuiau să accepte.

4

În următoarele zile starea lui Francie s-a deteriorat rapid. Ca să audă ce spune, copiii trebuiau să se apropie de buzele ei. Tot ce spunea mama lor părea că pluteşte în derivă, pe o mare nevăzută, ciuntit, un mister căruia cei trei se chinuiau să-i găsească logica, fără să izbutească.

Elementele care susţineau o conversaţie – timpul, logica, gramatica – se prăbuşeau. Vorbirea ei era acum un efort concentrat atât din partea ei, cât şi din partea celui care o asculta. Pe măsură ce cuvintele ei deveneau un pic mai mult decât cele mai mici expiraţii pe care trupul epuizat de-abia reuşea să le emită din gâtul și cu limba care n-o mai ascultau, Anna şi Terzo treceau de la a-i şopti platitudini mamei lor la a vorbi la telefon pe coridoarele spitalului – extinzându-şi şederea acolo zi de zi, contramandând întâlniri, amânând luarea unor decizii, sărind periculos, cel puţin aşa percepeau ei, peste obligaţiile de serviciu.

Anna spunea că trebuie să-şi verifice e-mailurile, mergea la toaletă şi se aşeza pe WC. Era o căldură insuportabilă, mereu, restricţiile privind consumul de apă intraseră în vigoare, robinetele de-abia picurau. Anna derula ştirile ţara ardea a urmărit o înregistrare video făcută de pompieri într-o maşină de-a lor înghiţită de foc din care încercau să scape, printr-un tunel îngust, de flăcări, flăcări care se mişcau precum apa unui râu care dădea pe dinafară, valuri uriaşe, care se rostogoleau şi se spărgeau de tot ce întâlneau în cale, pompieri morţi, un politician în pantaloni scurţi, plecat în vacanţă prin Insulele Hawaii, ţinându-se de gât cu alţii, făcând semn că totul e în ordine, *relaxându-se*. Nimic despre dispariţii. Două lucruri şi nimic care să stabilească legătura dintre ele. Două lucruri patru, semnul hawaiian că totul e în ordine avea sens sau nu avea, patru lucruri, opt lucruri douăsprezece. O lume care ardea şi nimic care s-o aducă înapoi. Era posibil să nu simţi nimic era necesar să nu simţi nimic, ştirile oficiale sau cele de pe reţelele de socializare te făceau să nu simţi absolut nimic: Anna nu putea face nimic nu avea să facă nimic nu era nimic. Asta era bine. Altceva decât să-şi ţină mama în viaţă în timp ce totul murea, nimic. Trăgea apa se uita cum moare lumea să trăiască mama ei *nimic nimic nimic.*

5

Francie alterna între somn şi o luciditate tot mai vagă, ca şi, printr-o coincidenţă stranie, Anna, care, atunci când nu stătea la patul mamei, aștepta telefonul de la spital care s-o cheme imediat, mama ei era în criză, mama ei era pe moarte, mama ei era moartă, întoarceți-vă în lumea noastră, imediat, lumea spitalului, unde, odată intrată, numai spitalul exista – lumina naturală, aerul, sunetele, zgomotele, mireasma erau înlocuite de lumina de spital, mirosul de spital, zgomotul de spital.

Mereu avea impresia că înăuntru e semiîntuneric chiar și atunci când toate luminile erau aprinse, că e vie doar pe jumătate, deși spitalul oprea moartea și vindeca, pe jumătate îngrozită, cu alte cuvinte, o semi-lume: jumătate acolo, jumătate nu. Odată ce intra, totul părea a fi în pericol să alunece; timpul trecea prea repede, un ceas de bucătărie care o lua la goană când înainte, când înapoi, zilele treceau ca orele sau timpul rămânea nemișcat, iar secundelor le trebuia decenii ca să treacă. Loc, casă, doar peisajul minim, cu perdele din hârtie, tărgi din plastic, necunoscuți în halate, monitoare pentru pacienți, ventilatoare, defibrilatoare, electrocardiografe, anesteziatoare, sisteme în care piesele interschimbabile nu erau nenumăratele componente de plastic, îmbrăcămintea și aparatele care bipăiau, ci oameni, ca și cum întregul sistem exista nu ca să-i țină în viață pe pacienți, ci mai degrabă pacienții existau ca să țină sistemul în funcțiune. Iar Francie, fiind deconectată de la sisteme, se apropia de sfârșitul utilității ei în acea mai mult decât stranie semi-lume.

6

În a cincea zi, după ce medicii le-au spus că nu va fi nici o amânare, Francie a părut – chiar dacă pentru moment – că-și recapătă o parte din putere și luciditate. Iar când Anna și-a apropiat fața de a ei, Francie nu s-a întors ca s-o privească, ci a continuat să se uite direct înainte, de parcă voia să-și păstreze toată puterea pentru singurul mesaj pe care l-a rostit în șoaptă, răgușit.

Vreau... să-mi citească preotul... Annie.

Cuvintele ei ca niște murmure întretăiate, dureroase.

Cheamă... preotul.

Anna și-a verificat telefonul ca să vadă ce mai e nou. Iadul într-o infinitate de flăcări care i se dizolva în palmă. Ceva totul nimic.

7

Frații ei stăteau la capătul patului. Le-a șoptit ce-i spusese Francie. Apoi s-a dus la toaletă, s-a așezat pe WC, a ignorat genunchiul lipsă, și-a verificat telefonul, s-a uitat la fotografii. Canguri incinerați agățați de gardul de sârmă în poziția fetusului koala carbonizați vite umflate întinse pe spate, cu picioarele în sus, crescând parcă din albiile uscate ale râurilor. A derulat mai departe tablouri medievale cu oameni amuțiți pe plaje o acuarelă a unui infern dominată de ocru. Caravaggio, și-a spus Anna. Pare să se fi întâmplat cu mult timp în urmă se întâmplă acum poate că teracota este cea care luminează totul acum? Întrebi când a izbucnit incendiul, cineva spune undeva dar nu-şi poate aminti nu ştiu ce zi e azi. Zile luni ani ceaţă. Lumina se estompează cuvintele alunecă telefonul ei a anunţat un mesaj. Anna nu suporta să-l citească nu suporta să gândească. Pantofi rochii ustensile de bucătărie. Nu mai suporta Instagramul. A intrat pe Instagram. Un generator de lumină electrică pentru a alunga întunericul creat de un incendiu la miezul zilei când s-a înnegrit lumea?

Când a revenit, Terzo aştepta pe coridor. I-a şoptit ceva despre preot. Anna s-a uitat cum îşi încorda umerii când era furios şi a întors urechea mai mult ca să-l evite, nu să-l audă mai bine. Terzo i-a spus mai tare că aducerea unui preot însemna un singur lucru: ultima împărtăşanie şi acceptarea morţii erau iminente. Francie îşi pierdea dorinţa de a merge mai departe, acum voia pur şi simplu să moară. Telefonul Annei nu intra cum trebuie pe Facebook, încercările eşuate îi mai abăteau din gânduri, era clar că hotărârea lui Francie sabota (cuvintele lui Terzo) intenţia lor de a o ţine în viaţă, chiar dacă medicii le spuseseră clar că aşa ceva era imposibil. Terzo era exasperat. Întâi medicii *şi* acum mama lor.

Nu vrea să moară, a zis Terzo cu toată fermitatea, pe coridor, împungând aerul cu un deget slab, alb, ca să fie şi mai convingător. Şi, a adăugat el, nici noi nu vrem să moară.

Anna tot nu putea să intre pe Facebook. Oare din cauza pereţilor spitalului?

Nu, a zis ea clătinând din cap.

Nu, a zis Terzo, categoric nu.

Tommy a spus că nu are nimic împotrivă, dar că trebuie să se gândească la durerile, la chinurile prin care avea să treacă, dacă voiau s-o ţină în viaţă. Pe el unul nu-l lăsa inima să facă aşa ceva. De ce să sufere atât de mult?

Terzo nu l-a aşteptat să termine şi a spus că singurul lucru care conta era să trăiască. Să trăiască! a şuierat el. Să trăiască!

Singura greşeală este să te temi de greşeli, a continuat el, singura moarte este să accepţi moartea. Să spui că Francie răspunde bine la tratament (deşi nimeni nu spusese asta) a fost o mare prostie, o poveste de adormit copiii, o crimă chiar.

Moartea îl indispunea pe Terzo, și-a spus Anna, nu numai actul în sine, ci şi ideea. Fiecare viaţă, declama el în momentele lui de maximă inspiraţie, e o declaraţie solemnă a universului. Și poate că tocmai de aceea, gândea Anna uneori, fiecare moarte era o întrebare înspăimântătoare la care Terzo nu putea răspunde de când cu moartea lui Ronnie.

Și totuşi, ceva din voinţa teribilă a lui Terzo îi paraliza pe Anna şi Tommy. Tommy sfârşea mereu prin a-l îmbuna pe Terzo şi a-i accepta opinia. Efectul era acelaşi: Terzo îşi impunea voinţa.

Dar a-și impune voința și în fața mamei nu era la fel de ușor. În ziua aceea, cel puțin la început, nici chiar Terzo nu avea un răspuns la dorințele mamei lor.

În timp ce Terzo continua să spumege de furie, Anna s-a întors la toaletă. Și-a verificat din nou telefonul, aici mergea mai bine, poate că de vină nu erau pereții spitalului, ci doar telefonul, poate trebuia să-și ia unul nou. Un fum dens ultra fin, cu particule PM 2,5, îndeajuns de mici ca să distrugă plămânii și sistemul circulator, sufoca orașul Sydney, tot ce depășea 200 era periculos, se ajunsese la nivelul de 2 200. A căutat dispariții. Nimic. A postat o memă cu un pinguin nu-și putea stăpâni gândurile nu putea citi a derulat imagini cu fumul care înnebunea oamenii provoacă anxietate a declarat un profesor e ca un război dușmanul atacă orașul nu știm unde e dușmanul. Sistemele care asigură viața planetei sunt în colaps cei care cred că pământul e plat sunt acum de ordinul milioanelor cuvinte noi pentru o epocă nouă, așa sună o memă. Nori *piro-cumulonimbus*, uriași, creați de incendii înalți de șaisprezece kilometri provoacă mai multe incendii prin fulgere, valuri de cenușă fierbinte, vânt, tornade de foc. *Omnicid. Solastalgie* emoție provocată de pierderea a tot și toate. Care este imaginea pentru nimic? Unde este un limbaj credea că nu poate a încercat din nou Instagramul a mers. Câtă bucurie! Instagramul, novocaina binecuvântată a sufletului! Mâncarevacanțegrupurizâmbitoarelacumpărături. Trebuie să iasă. Știa asta. Trebuie să iasă.

8

Deşi ceruse să vină preotul, deşi voia ultima împărtăşanie, dezlegarea de păcate, recunoaşterea publică a faptului că timpul petrecut de ea pe pământ se apropia de sfârşit, Francie nu părea la fel de obsedată de Dumnezeu ca mama ei – cunoscută tuturor drept Tigroaica. Pe patul de moarte, cu douăzeci şi doi de ani în urmă, strângând rozariul ca pe o coardă de salvare, Tigroaica murmurase rugăciunile cu o frică abia stăpânită pe care copiii ei o luau şi ca amărăciune şi ca dorinţa frenetică de a fi iertată a unei tinere nemăritate care rămăsese gravidă. Oricât de mult încerca să-şi ispăşească vina, pentru Tigroaică Dumnezeu era doar un bătrân aspru care nu voia să-i ierte acel păcat groaznic, răsplata fiind osânda veşnică în flăcările Iadului. Nu de moarte se speria, ci de ceea ce avea să urmeze. Ştia prea bine; ştia prea bine, spunea ea, şi indiferent cât de mult se rugase, decenii la rând, se număra printre cei damnaţi. Trăise mai mult decât cei treisprezece fraţi şi surori, mai mult şi decât soţul ei, chiar mai mult decât unii dintre copiii ei, dar nu putea supravieţui judecăţii implacabile la care nemilosul Dumnezeu supusese o femeie care născuse un copil din flori. Această idee despre moarte, pe care şi-o formase în stare de trezie, se înfrunta cu o altă idee, venită în vis în acele ultime săptămâni de viaţă.

Bătrânii, cum îi numea ea – toţi morţii: familie, prieteni, unii atât de îndepărtaţi încât îi recunoştea din detaliile unor întâmplări amintite doar pe jumătate – veneau la ea în fiecare noapte, într-o căruţă, şi-i cereau să meargă cu ei; veneau peste un câmp ars de soare, cosit de curând, Vino cu noi! îi strigau ei în fiecare noapte, Vino cu noi, Kitty!

Şi în fiecare noapte Tigroaica îi refuza, temându-se de o capcană întinsă de Dumnezeu, o capcană de care se ferise atâta vreme, cu succes, evitând-o cu fapte pioase şi o sete feroce de viaţă. Dar chiar şi ea a trebuit să moară până la urmă, la vârsta de nouăzeci şi nouă de ani, jurându-se aproape până la ultima suflare că era cu un an mai mică, o stratagemă menită să explice de ce copilul se născuse la două luni după căsătorie, cel pe care-l bătea cu toată ferocitatea şi groaza pe care numai cei cu adevărat damnaţi le pot arăta pentru cel mai mare păcat al lor, fiica pe care au botezat-o Frances.

9

Şi pentru că Tigroaica voia să trăiască doar fiindcă se ruşina de păcatul ei, gândea Anna, poate că Francie era foarte mulţumită să moară fiindcă nu se ruşina de propria-i viaţă. Terzo însă era hotărât să-şi salveze mama de propriile dorinţe. Întrucât era clar acum că Francie voia atât de mult să moară, Terzo insista că trebuie să facă tot posibilul ca să o ţină în viaţă.

Tommy, pe un ton neobişnuit de ferm, a spus că, dacă dorinţa ei era să moară, de ce să nu i-o îndeplinească. Doar asta era dorinţa ei…

Cine, în situația lui Francie nu și-ar dori să moară? a replicat Terzo. Nu asta era problema – problema era că trebuiau să-i *schimbe* situația. Doar atunci aveau să se schimbe și dorințele ei. În consecință, nu aveau să cheme preotul.

Iar când Tommy a obiectat din nou, Terzo, arătându-și frustrarea, a răspuns cu precauție, sigur că vor chema preotul atunci când mama lor va fi pregătită. *Dar pe moment nu.*

Anna s-a întrebat dacă rugămintea mamei de a chema preotul avea vreo legătură cu Dumnezeu. Poate avea o legătură cu ei. Poate era felul lui Francie de a le spune copiilor ei: Destul. *Vă rog.* Lăsați-mă să mă duc.

Însă nu puteau admite așa ceva.

Ei hotărau. Nu ea. Nu Dumnezeu. Iar sorocul încă nu i se împlinise.

E o adevărată cruzime, gândea Anna. Poate fiindcă așa și era.

S-au întors în rezervă, unde Terzo i-a spus cu blândețe mamei că vor chema preotul când îi va sosi ceasul. Dar, a adăugat el, cu rânjetul acela înspăimântător, lipsit de orice urmă de compasiune, doar dinți și trădare: Sigur vei trăi.

10

În seara aceea Anna a luat cina cu Terzo la Tom McHugo's. La un moment dat, Terzo a adus vorba despre consiliere. Avusese câteva ședințe după cea de-a doua căsnicie eșuată. Îi povestea psihologului despre unele întâmplări din viața lui, îi spunea cum le interpretează el, apoi psihologul se declara de acord cu el, felicitându-l pentru cât de bine se cunoaște. I-a spus că este unul dintre oamenii norocoși, unul dintre acei oameni rari care știu cine sunt, iar Terzo bineînțeles că s-a declarat de acord cu psihologul.

După câteva săptămâni jocul s-a schimbat puțin, psihologul reambalând cuvintele lui Terzo în propriile-i cuvinte, mai precis redându-l pe Terzo lui Terzo. Poate, presupunea Terzo, ca să-și justifice onorariul gras. Oricum, Terzo a continuat să-l viziteze, cei doi au continuat să fie de acord până când Terzo s-a hotărât să renunțe.

Sincer vorbind, i-a spus el Annei, îi cam lipseau acele ședințe. Nu-l deranja să vorbească despre propria persoană, dar simțea că-și cunoștea destul de bine problemele. Cunoscându-le, putea să le analizeze și, prin urmare, să le controleze. Dar până la urmă se săturase să le întoarcă și pe o parte și pe alta și astfel pusese capăt consultațiilor.

Anna l-a întrebat dacă discutaseră și despre moartea lui Ronnie. Dacă...

Paharul cu vin al lui Terzo s-a sfărâmat de podea.

Scuzescuzescuze! a mormăit el, ciudat, aproape ca Tommy. A continuat să privească podeaua, fără să se miște. Anna a adus de la bar o mătură și un făraș, găsindu-l tot cu capul plecat. Și s-a jenat să pășească în raza lui vizuală ca să curețe pe jos.

Terzo a privit mult timp cioburile. Cei doi se aflau într-un colţ al localului, sub un difuzor, iar muzica, şi-a dat ea seama, acoperea sughiţurile scoase de fratele ei.

I-a şoptit numele. Privirea lui a rămas fixată pe podea. Ca şi cum ar fi vrut să golească ceva din el, dar, cu cât golea mai mult, cu atât acel ceva creştea înăuntru. A clătinat din cap. Într-un târziu, fără să ridice ochii, a întrebat dacă îşi amintea visul Tigroaicei cu căruţa şi bătrânii veniţi ca să o ia cu ei.

Anna a încuviinţat din cap.

Şi Ronnie?

Anna n-a spus nimic. Bineînţeles că ştia visul: pe patul de moarte Tigroaica povestise de mai multe ori familiei cum bătrânii care veneau s-o ia în fiecare noapte erau conduşi de un bărbat chipeş care stătea în picioare, în căruţă, cu frâiele în mână. Iar acel bărbat chipeş era Ronnie, la maturitate. La vremea aceea Ronnie avea doar paisprezece ani. Un detaliu straniu, dat fiind că toţi cei care îi apăreau în vis în fiecare noapte erau morţi de mult.

Şi peste zece zile, a spus Terzo, au îngropat-o pe Tigroaică.

Dar n-a spus că Ronnie, venit în vacanţă de la şcoala-internat a Fraţilor Marişti, s-a spânzurat. Nici nu era nevoie să spună.

Anna a răspuns că a fost o coincidenţă, nimic mai mult, cum spuneau toţi atunci şi cum spuneau şi acum, chiar dacă nimeni nu credea cu adevărat. Uneori se gândea la asta, Anna avea senzaţia – absurdă, ştia prea bine – a două lumi care preţ de câteva clipe se apropiau prea mult, cei vii şi cei morţi, moment în care lucrurile se amestecau.

Eu eram cu douăzeci și două de luni mai mic decât Ronnie, a spus Terzo cu voce scăzută. Aşa am devenit copilul pe care familia nu-şi putea permite să-l piardă. Poate că acum sunt altfel decât ar fi trebuit să fiu. Ştii, când te gândeşti mai bine la asta, poţi crede orice despre tine. Dar niciodată nu te schimbi cu adevărat. În tine mereu se ascunde aceeaşi persoană.

El însuşi îşi spusese Terzo.

Al treilea.

Al treilea frate.

Deşi acum era al doilea, doar pretindea că încă mai era al treilea, că Ronnie nu se afla în şopron.

11

A făcut un pas în faţă şi a început să mături cioburile, în timp ce Terzo vorbea înainte fără să dea de înţeles că ar vrea s-o ajute.

Nu, a zis el, nu ştiu ce se întâmplă cu mine. O vreme am crezut că e vorba de tristeţe sau suferinţă. Dar nu. Pare ceva mai profund, ceva ce nu pot explica, nu pot înţelege, doar simt cum cad şi nu mă mai opresc. Cunoşti senzaţia? Acea senzaţie de vid prin care tot cazi. O cunoşti? Cazi şi iar cazi.

Cad întruna, şi când privesc în jur îi văd pe toţi: pe tine, pe Tommy, pe Ronnie, pe Francie, a continuat el.

Dar nu mă pot agăța de brațele întinse, văd eucaliptul în care ne cățăram când eram mici, în fața bisericii, iar eu cad printre crengile lui, de care nu mă pot apuca, văd cum scoarța se încrețește și se cojește, speranța verde a scoarței noi, simt mirosul furnicilor și aerul Tasmaniei, dar nu mă pot agăța de nimic, cad întruna prin această lumină orbitoare a Tasmaniei, treptele scării vechi, de lemn, pe care ne jucam în curtea din spate, alunec pe ele, mă prăbușesc în întuneric, incapabil să mă opresc. Asta e tot. Un vid. Cunoști senzația? Acolo îmi duc existența acum.

Ceva părea să tragă de el în toate părțile, și Terzo nu se mai putea stăpâni, tremurând din toate încheieturile. Încerca să-și înăbușe plânsul scoțând niște sunete ciudate, animalice, îngrozitoare, jalnice. Oricât de mult îi displăcea Annei calmul aparent imperturbabil al lui Terzo, fără el fratele ei oferea un spectacol oribil, ca și cum stăpânirea de sine era doar un exoschelet, iar fără ea Terzo se reducea la ceea ce vedea acum.

Într-un târziu, Terzo a privit-o. Simțea, a spus, că dragostea dispare în jurul lui, e înspăimântător că dragostea dispare peste tot, cum e posibil așa ceva? Nu simți și tu asta? a întrebat-o. Că dragostea nu mai este? Oamenii fac ceea ce fac doar fiindcă dragostea a dispărut, nu crezi?

Anna a răspuns că, din punctul ei de vedere, oamenii fac ceea ce fac tocmai din dragoste.

Terzo se îndoia și a spus că, dacă Francie murea, pentru el n-avea să mai fie nici o fărâmă de dragoste de care să se agațe.

Și a reînceput să scoată acele sunete ciudate, animalice, de parcă i-ar fi venit să vomite. Dar nu s-a întâmplat nimic.

Anna nu-l mai auzise niciodată pomenind de moartea lui Ronnie. Terzo îl găsise pe Ronnie spânzurat în șopron. Dar nu vorbea niciodată despre asta. Și nici ea nu-l întrebase vreodată despre ce văzuse. Ca și cum Terzo ar fi vrut să vomite ceva dar nu avea ce era ceva totul nimic.

12

Uită-te la un nor sau la un tablou, a zis Terzo după o pauză lungă, însă n-a putut continua, a tăcut din nou, ca și cum cuvintele de care aveau nevoie erau sparte și împrăștiate pe podea, printre cioburile nemăturate de Anna. Într-adevăr, a început el și s-a oprit. *Adevărul*, a reluat el și a scos un chicot. Demult își dăduse seama că nu-l știa, că nici nu începuse să se cunoască pe sine, îi era groază că însemna mult mai mult decât investitorul, capitalistul care își asuma riscuri, omul de afaceri prosper. Nu fiindcă ar fi fost o persoană excepțională; nu, știa că nu iese în evidență cu nimic. Dar simțea că avea în el lucruri excepționale, că fiecare om avea aceste lucruri excepționale, dar unii, ca el, nu le scoteau la iveală, le suprimau, și aceasta era teama lui secretă, că suprimase ceea ce era el cu adevărat, le suprimase după moartea lui Ronnie. Nu știa de ce. Le suprimase ca să nu-l suprime ele. Nu știa. Nu. Nu avea norocul să știe cine e cu adevărat nu știa știe cineva?

Aceste gânduri îl înfricoșau, ideea că era – într-un sens fundamental, nu-l înțelegea, dar îl simțea – deja mort pe dinăuntru. Această idee nu-i dădea pace. Începuse să-l obsedeze după ce se îmbolnăvise Francie, i-a zis Terzo Annei, într-o seară îi telefonase lui Tommy sperând ca acesta să-l consoleze, să-i spună câteva cuvinte care să-i meargă la inimă, chiar și bâlbâiala fratelui părea să-i fie de ajutor, dar, când Tommy a răspuns, Terzo și-a auzit doar propria voce certându-l pe Tommy că nu se străduise mai mult ca s-o ajute pe Francie. Îți vine să crezi? Și, ciudat, cu cât se înfuria mai tare, cu atât mai calm se simțea. Mai bine. Asta era cel mai rău. Îl făcea să uite. Era o nebunie să-i facă morală lui Tommy ca să se simtă el mai bine. Dar l-a ajutat să uite.

Terzo s-a uitat la Anna, o privire nesigură. A ridicat o mână, cu degetele lui mici, scheletice, ca și când ar fi vrut să oprească o mașină, iar vocea lui a redevenit brusc normală, poruncitoare, sigură pe ea, ușor pițigăiată. Știa că Anna cunoștea persoana care o putea ajuta pe mama lor, Anna știa la cine se referă, Terzo îi uitase numele, însă Anna trebuia să-și amintească. Fără o intervenție, zilele mamei lor erau numărate. Anna trebuia să facă ceva, fără doar și poate...

Acolo s-a terminat discuția lor din seara aceea, la faptul că viața lui Francie se măsura acum în săptămâni sau poate doar zile.

Asta dacă Anna nu făcea tot ce-i ceruse Terzo.

După ce a părăsit localul, Anna a mers la spital. Lumina din rezervă era difuză şi, în apatia de la acea oră târzie, specifică spitalelor, a văzut un necunoscut care şedea în tăcere lângă Francie, un bărbat atât de tânăr, încât barba lui deasă părea lipită de machieuza unui teatru.

Tânărul s-a întors spre ea, a zâmbit şi a spus: Bună seara, mătuşă Annie.

ȘASE

1

După o ezitare de o clipă, Anna a recunoscut ochii aceia morţi, încercănaţi, daţi cu kohol, erau ai lui Davy, fiul schizofrenic al lui Tommy. S-au îmbrăţişat şi aşa s-au întors spre Francie.

În lumina nesigură, de noapte, a spitalului, pielea transparentă a mamei părea striată de vene albastre, apoase. Dinspre ea răzbătea un iz de amoniac, de parcă Francie tocmai ar fi fost spălată cu Windex. Capul ei era afundat într-o pernă ce părea prea mare, ca o piesă minusculă, fragilă, de porţelan, aproape pierdută în ambalaj. Surprinsă de încrengătura tot mai deasă de tuburi care intrau şi ieşeau din Francie, Anna avea senzaţia că mama ei nu mai era mama ei, că acel corp atrofiat era doar o carapace de mult prinsă şi ucisă într-o pânză de păianjen.

Francie a scos un geamăt lung, ca o pală de vânt care scapă dintr-o râpă adâncă, s-a trezit brusc, speriată, şi a început să se scarpine la un picior. Tommy! Tommy! a strigat. În momentul în care Davy i-a şoptit ceva ca s-o liniştească, s-a întors spre el şi l-a privit lung de parcă ar fi pierdut ceva.

Când şi când, în noaptea aceea, s-a rugat să fie dusă acasă, a adormit şi s-a trezit, şi-a frecat încheieturile ca de la o durere insuportabilă până ce, îngrijorată că agenții CIA n-o scăpau din ochi, s-a oprit, bănuitoare. Când Anna i-a spus că nu era nimeni acolo, Francie a arătat spre fereastră. Acolo! Acolo! a strigat, clătinând din cap cât de proastă era fiica ei. Acolo – oamenii ăia cu un singur ochi!

Davy a fost mai tolerant cu halucinațiile lui Francie decât mătușa lui. S-a uitat pe fereastră, s-a întors și a spus că nu înțelegea cum de erau lăsați să joace cărți tot timpul. Dacă șeful lor i-ar fi surprins asupra faptului ar fi încurcat-o rău de tot.

Francie i-a primit observațiile cu calm, l-a aprobat dând din cap și, câteva clipe mai târziu, a adormit din nou.

Anna l-a lăudat pe Davy cât de frumos se purta cu Francie. Davy i-a spus zâmbind că era obișnuit ca oamenii să-i cânte în strună când avea el halucinații. Problema e că halucinațiile sunt reale, a adăugat el.

2

Oare unde se duce Francie în visele ei? s-a întrebat Anna în timp ce o veghea în noaptea aceea. Se întorcea la poveștile din copilăria ei, despre un trecut fabulos, cu preoți rebeli, magie, o lume unde ocnașii blestemau, iar soarta le răspundea, unde vulturii-de-mare furau pruncii și îi creșteau în cuiburi din insulele din Strâmtoarea Bass, unde preoții îi înțepeneau pe soții adulteri doar cu privirea?

Crescută în sărăcie, în anii crizei economice, la o fermă de numai douăzeci de hectare ce se chinuia să supravieţuiască, pentru Francie copilăria petrecută pe dealul acela tasmanian din nord-vest fusese nespus de frumoasă. Tatăl ei, pe care-l iubea din toată inima, cobora în fiecare dimineaţă cele trei trepte din spatele casei lor din şindrilă, cu pereţii acoperiţi de ziare, şi se lăsa să cadă în genunchi.

Acolo, pe dealurile Melrose, la jumătatea drumului dintre imensitatea oceanului, văzută din Strâmtoarea Bass la treizeci de kilometri spre nord, şi masivul muntos Roland, cam la aceeaşi distanţă spre sud, acea siluetă măruntă, îngenuncheată, îşi umplea sufletul cu azurul strălucitor al mării, ultramarinul muntelui, solul vulcanic proaspăt arat, pădurea plină de viaţă şi lanurile care se ondulau în umbra norului ce trecea prea repede. Roşul! Verdele! Albastrul! Dacă ar fi fost să facă un steag, acela ar fi fost tricolorul lui, căruia i-ar fi spus cămin, familie, dragoste. Dacă ar fi fost să strige spre cer ar fi strigat: Pe noi! Noi! Al nostru!

El însă doar îngenunchea.

Şi, stând aşa, cu capul plecat, cu universul imens care vibra în jurul lui şi în el, acel univers cu care se confunda, tatăl lui Francie îi mulţumea în fiecare dimineaţă lui Dumnezeu pentru câtă frumuseţe era în lumea aceasta.

Ideea şi imaginea – pentru Francie erau doar una. Lipsa de însemnătate şi imensitatea. Darul şi recunoştinţa. Puterea omului în lume, puterea lumii în om.

Francie nu uitase niciodată acea imagine, nici ideea că lumea, Dumnezeu, frumuseţea şi dragostea puteau fi și ale ei, dacă doar se lăsa în genunchi și lăsa ca fiecare dintre ele să o pătrundă. Și astfel, față de forța cosmică a acelei imagini, sărăcia copilăriei ei nu însemna nimic.

3

Cu toate acestea, fusese învățată încă de la început să nu-l necăjească pe Dumnezeu cu rugăciunile ei. Autoritățile din viața ei erau bărbați, numai bărbați, iar Dumnezeu, nu-i așa?, era și el bărbat. E un *bărbat care are multe pe cap*, îi spunea Tigroaica și, la rândul ei, Francie le spunea copiilor ei că lui Dumnezeu trebuie să i te adresezi cu probleme mult mai serioase decât cele pe care le aveau ei. Cel mai bine e să-i cereți ajutorul Fecioarei Maria, îi sfătuia. Ea vă ajută dacă o rugați, întotdeauna. *Ea e de-a noastră.*

Acest cult al femeilor predomina în casa lor; al Fecioarei Maria, al Tigroaicei, al numeroaselor mătuși și strămătuși care veneau des în vizită și le spuneau povești ciudate despre familia care își trimisese bărbații peste mări și țări ca să lupte în Primul Război Mondial, despre însăși Francie. Și toate, inclusiv Horrie, îl respectau cu sfințenie.

Bărbații se pricep mai bine să sape șanțuri, spunea Horrie. Și cam atât.

Anna niciodată nu-și auzise tatăl vorbind urât despre Tigroaică, o femeie care trăia cu ei de treizeci de ani, dimpotrivă, o trata cu cel mai mare respect. Femei și iar femei, cam asta era casa lor. Pe dinafară îngenuncheau în fața lui Dumnezeu, a lui Iisus și a bărbaților, pe dinăuntru însă ordinea era inversă: pe dinăuntru femeile erau idolatrizate, iar Horrie, chiar disperat cum era să-și controleze mintea care îl lăsa, îngenunchea în fața lor.

Și totuși, Francie crescuse într-o vreme și într-un loc care nu permiteau mare lucru unei femei. Ce anume îi permiteau? Atât: pe ei – Anna, Tommy, Ronnie, Terzo. Să înrâurească, să îndrepte, să creeze. Faptul că Francie nu-și terorizase, nu-și dominase și nu-și controlase copiii, de-abia acum își dădea seama Anna, se datora numai și numai mamei sale. Francie refuzase categoric tirania instaurată în familie în locul libertății pierdute. Și nu numai o dată, ci în fiecare zi și în fiecare clipă, când o reacție brutală s-ar fi justificat atât de ușor și poate că ar fi fost justificată.

Într-una din vizitele ei la spital, Anna a găsit-o pe Francie neobișnuit de tristă.

Vă mai pocneam, a zis Francie începând să plângă. Vă mai pocneam, puișorii mei, pe toți.

Era adevărat. Acum însă nu mai avea nici un sens.

Dragostea ei era mare, atotcuprinzătoare, atât de mare încât, prin comparație, toate celelalte fapte ale ei păreau banale. Chiar și adesea neașteptatele ei izbucniri de violență față de ei, ceea ce Francie numea *o papară bună* – pedepse brutale, rapide, de la palme, bătaie la fund, lovituri aplicate cu linguri de lemn cât pumnul de mari, până la lovituri date tare cu latul unui cuțit de bucătărie, peste mâinile care căutau prin oale, până la a-l fugări pe Ronnie prin camera de zi cu un vătrai cu care încerca să-l lovească în cap, țipând: Îți dau eu papară, băiețaș! – nimic din toate astea nu se compara cu dragostea ei imensă.

Îmi cer iertare, spunea Francie, îmi cer iertare. N-o făceam din răutate.

Anna i-a spus că nici unul dintre ei nu pusese la inimă. Ceea ce, într-un fel, era adevărat. Dar remușcarea mamei era inexplicabilă pentru fiică. Deoarece fiica nu se îndoise niciodată de ferocitatea dragostei mamei sale.

4

Câteodată Anna se mira cât de rar aducea vorba mama ei despre Horrie. Francie spunea despre reacțiile violente ale unor politicieni, inexplicabile pentru ea, că respectivii *ard frunzele de toamnă*, apropo de momentul în care îl găsise pe Horrie suit pe pat și golind pernele de pene în focul pe care-l aprinsese în mijlocul saltelei ca să ardă, zicea el, frunzele de toamnă. Horrie avea cincizeci și doi de ani, și demența lui nu mai putea fi ignorată. În ultimii ani Francie îi suportase cu stoicism pierderile de memorie, tot mai multe, comportamentul imprevizibil, accesele neobișnuite de furie, străduindu-se, pe cât posibil, să le minimalizeze. Dar după foc n-a mai avut ce face. Horrie a fost internat într-un azil, unde a murit de Alzheimer după trei ani și jumătate.

N-am ştiut cu adevărat câte lucruri a trebuit să suporte mama în toţi anii aceia, şi-a spus Anna. Îşi adorase tatăl şi ar fi vrut ca şi mama ei să-l adore, chiar mai mult. Însă nu era stilul lui Francie. Iar tăcerea mamei când venea vorba despre asta afecta felul în care Anna vedea dragostea părinţilor ei sau, în general, ce însemna dragostea. Binefăcătoare. Eternă. Fericită. Dragostea lor nu fusese nimic din toate astea. Dar fusese dragoste.

Uneori Anna încerca s-o provoace spunând ceva frumos despre tatăl ei, moment în care Francie se mărginea să amintească *năravurile* lui, cum le numea. Prin remarci ironice, amuzante, despre obiceiurile lui mai enervante, fără să-l critice însă. De parcă soţul ei ar fi fost doar un străin, destul de cumsecade, cu care se întâmplase să-şi petreacă, vrând-nevrând, viaţa. Relaţia lor, din spusele ei, fusese pur şi simplu rodul întâmplării.

Francie se măritase la nouăsprezece ani, prea de tânără, prea repede, spunea ea. Certurile dintre părinţii lor se desfăşurau mai mult când copiii nu erau de faţă, însă Tommy menţionase cândva cum Francie îi spusese că, după ce mintea începuse să i-o ia razna, Horrie hotărâse că familia lor avea nevoie de o nouă organizare. Motiv pentru care n-o mai lăsa pe Francie nici măcar să pună lucrurile în dulapuri cum făcea de obicei, insistând să se ocupe el de asta, pentru ca, ulterior, să nu-şi aducă aminte unde le pusese. Astfel sardinele ajungeau în sertarele pentru şosete, iar şosetele, în şopron.

Odată, în acei ultimi ani, i-a spus Tommy Annei, pe Francie o lăsaseră nervii și, izbucnind în plâns, povestise cum o tratase tatăl lor, cum încercase să controleze tot ce însemna viața ei. Dar o și adorase și, chiar dacă dragostea lor fusese sufocantă, căsnicia rezistase tocmai datorită ei, deci, în ultimă instanță, tot despre o poveste de dragoste era vorba.

5

Francie avea o mare pasiune pentru unelte și motoare și nutrea un respect deosebit pentru toți cei care se dovedeau îndemânateci. Descria cu plăcere cât de frumos cosea fânul tatăl ei. Privea orice mecanic auto cu o admirație pe care alții o rezervau doar unui virtuoz al viorii. Încă-i mai străluceau ochii când își amintea cum prima batoză cu aburi apăruse în *district*, cum îi spunea ea, un monstru de fier care huruia pe drumurile de țară, zvârlind scântei și fum roșu spre cerul nopții.

Când viața i se părea cenușie își curăța mașina cu o meticulozitate și o vigoare care poate o făceau fericită, la sfârșit ridicând capota și regretând că nu poate umbla la motor. Se pricepea la matematică și îi plăcea să-i ajute pe copii la analiza matematică, ceva despre care Horrie, angajat la consiliu, nu avea habar.

Francie urmase școala normală și lucrase ca învățătoare, dar, cum era regula pe vremea aceea, fusese nevoită să demisioneze la prima sarcină și să-și dedice viața soțului și copiilor. În afara casei își pierdea încrederea; juca rolul soţiei şi al mamei din obligaţie şi, în cele din urmă, din obişnuinţă şi, fiindcă era o obişnuinţă care o plictisea de moarte, era întotdeauna bucuroasă să revină acasă şi să termine cu tot ce ţinea de preţiozitatea pe care orice soţie trebuia s-o manifeste în public, chiar dacă asta însemna să se întoarcă la privaţiunile de zi cu zi, într-o lume în care lucrurile mici păreau mari: copilul bolnav de care se îngrijea toată noaptea; crăticioara cu mânerul gata să cadă pe care Horrie nu găsea timp să-l fixeze; pantofii de şcoală deveniţi prea mici; pata de pe rochia nouă pe care reuşea să o scoată. Nimeni nu ridica în slăvi, nimeni nu sărbătorea, nimeni nu respecta aşa ceva. Francie făcea totul, fără să-i placă, preferând să meargă înainte. Odată însă Anna le auzise pe Francie şi pe Tigroaică vorbind despre femei, cu vocile ciudat de joase şi de aspre, o muzică în surdină a furiei pe care nu a uitat-o niciodată.

6

După moartea lui Horrie, Francie s-a încadrat din nou ca învăţătoare. Ceva s-a întâmplat sau ceva nu s-a întâmplat sau mai multe lucruri s-au întâmplat; oricum, cert este că s-a împrietenit cu un învăţător, dar nimeni nu părea să ştie dacă se şi culca cu el. Tommy simţea că e ceva serios la mijloc, deşi nu avea nici o dovadă; neavând vreo dovadă, Anna simţea că nu e nimic serios. În anul următor învăţătorul nu a revenit la şcoală. Ulterior au aflat că fugise cu o suplinitoare cunoscută doar ca domnişoara Dalcoe. Francie a slăbit, nu s-a mai îmbrăcat ca să facă impresie, preferând hainele funcţionale, sobre. La sfârşitul acelui an teribil s-a lăsat de învăţământ și n-a mai revenit la el.

Lui Francie nu-i stătea în fire să-şi plângă de milă sau să se lase copleşită de regrete. Chiar dacă șansele pe care i le oferea viaţa erau puţine şi neînsemnate, atitudinea ei predominantă era recunoştinţa fermă, din când în când cu o tentă acidă când trebuia să-i judece pe alţii.

Cele mai aspre judecăţi şi le rezerva ei. Vai ce proastă am fost, spunea ea, sau: De ce mă-ntrebi pe mine? De unde să ştiu eu toate astea?

Dar dincolo de aceste mici săgeţi pe care şi le trimitea singură se ghicea un regret amarnic, atât de profund, încât nu-ţi puteai închipui că cineva ar putea trăi cu el sau să-i supravieţuiască.

7

Revenită, în sfârşit, la Sydney în seara următoare, Anna a făcut ce nu făcea de obicei, adică şi-a sunat un vechi prieten – mda, nu chiar un vechi prieten, ci mai degrabă un vechi prieten al unei prietene apropiate – care acum conducea secţia de nefrologie de la unul dintre cele mai bune spitale din Sydney. După ce a ascultat-o, specialistul a spus că era nevoit să accepte argumentele echipei de medici din Hobart, care i se păreau corecte; în plus, dacă aceasta era politica spitalului, nu avea altă soluţie decât s-o accepte.

Când însă nefrologul a menţionat în trecere un studiu nou care susţinea că îngrijirea renală a persoanelor foarte în vârstă dădea uneori rezultate încurajatoare, Anna a ciulit imediat urechile şi a trecut la acţiune. Şi-a pus la bătaie şarmul pe care-l folosea în relaţia cu clienţii, un ton mieros, curtenitor chiar, care masca o mică înverşunare. Poate mai mult decât o mică înverşunare. L-a linguşit ca pe un antreprenor încăpăţânat sau un client neîncrezător care refuza să-i înţeleagă viziunea unei clădiri noi care răspundea dorinţei lui.

Eminentul nefrolog a admis că Anna ar putea să aibă dreptate în unele privinţe. Sau poate că i-a fost milă, poate că îşi amintea cât de bine arăta tânăra prietenă a prietenei lui din urmă cu ani de zile, o persoană care nu mai exista. Oricum, în cele din urmă a cedat, spunând că-l cunoştea pe nefrologul-şef din Hobart şi că avea să pună o vorbă pentru ea.

Medicul era, în acelaşi timp, atât de înţelegător şi de autoritar, îşi spunea Anna, amintindu-şi cât de frumos se purtase cu prietena ei care, sincer vorbind, se purtase urât cu el.

Atât de impresionată era de amabilitatea lui, încât tocmai voia să-i vorbească despre degetul şi genunchiul care îi dispăruseră când a auzit o altă voce şi apoi cum nefrologul a mormăit exasperat: *Jigodiile astea de asistente!*

Aceste cuvinte fuseseră rostite cu atâta scârbă, pe un ton pe care nici în ruptul capului nu i-ar fi plăcut să i se adreseze ei dacă-i spunea povestea cu degetul şi genunchiul, atât de improbabilă. *Te-n mă-ta, Anna!* ar fi putut la fel de bine să strige.

Nu, şi-a zis ea, cel mai bine e să nu spun nimic.

Oricum, printr-o reţea uriaşă de legături influente care apelau la alte legături influente s-a transmis un mesaj, s-a primit un mesaj şi astfel vorba bună a fost pusă.

8

Câteva săptămâni mai târziu, în timp ce luau cina acasă la Tommy – carne de miel cu praf de curry o numea Tommy, iar Terzo, aflat în toane bune, o botezase rogan gosh[1] – Terzo şi-a expus punctul de vedere privind viitorul mamei lor.

Fiindcă acum alta era situaţia.

Francie făcea dializă. Chiar dacă nu erau sută la sută pozitive, rezultatele nu erau nici negative şi nu se înregistraseră complicaţii. Când nu făcea dializă şi nu dormea, uneori mama lor vorbea şi părea, cel puţin din spusele lui Tommy, mai puţin confuză.

Abordarea hotărâtă a lui Terzo – care acum era şi abordarea lor – părea a fi justificată. Banii, puterea şi influenţa lor se dovediseră irezistibile: lobby-ul, presiunea, achiziţionarea unor instrumente pe care spitalul nu le avea în dotare sau pe care le folosea, în opinia lui

---

1 Joc de cuvinte, *rogan josh* este un fel de mâncare indian cu praf de curry, iar Rogan Gosh este personaj de benzi desenate. (n.tr.)

Terzo, inadecvat sau incompetent. Terzo, care venise cu avionul la Hobart tocmai din Kuala Lumpur, era triumfător, gândirea și metodele lui se dovediseră un mare succes. Recuperarea lui Francie – cuplată cu ceea ce, în cuvintele lui Terzo, era un contract gras încheiat cu o companie producătoare de cherestea din Malaiezia – îl revigorase, aproape peste măsură, cel puțin așa i se părea Annei. Când l-a întrebat dacă nu-l îngrijorau sumele mari de bani pe care trebuia să le cheltuiască aici, Terzo s-a lăsat pe spătarul scaunului, s-a scobit la un dinte din față cu unghia ruptă a degetului mare și a răspuns cu o glumă care-i plăcea mult: Banii nu-s nici aici, nici acolo. Sunt în Elveția.

Terzo le-a povestit cum lumea se îndrepta și, cu efort, cu resurse, și starea de sănătate a lui Francis se putea îndrepta pentru ca mama lor să-și reia viața. Ca și cum nici aceste lucruri nu erau aici sau acolo, ci într-un seif dintr-o bancă elvețiană.

Odată cu recuperarea lui Francie se întărea și convingerea lui că mama va putea locui din nou în casa ei. Ceea ce părea imposibil doar cu puțin timp în urmă, susținea Terzo, acum era posibil dacă puneau la punct un sistem de supraveghere medicală suficient de complex încât, pe de o parte, Francie să se bucure de viață câte zile mai avea și, pe de altă parte, să-i scutească pe copiii ei de corvezile care le-ar fi revenit dacă s-ar fi ocupat singuri de ea.

Terzo și-a deschis telefonul. Uitându-se la ce notase acolo, a început să schițeze ceea ce credea el că e necesar pentru ca mama lor să revină la o viață independentă și, în primul rând, la o viață normală; asistența medicală pe care trebuiau s-o asigure cu banii lor, mai precis: o asistentă care să stea tot timpul cu Francie, sau chiar mai multe dacă era nevoie, o menajeră, un șofer de încredere care s-o ducă pe mama lor la numeroasele controale medicale și așa mai departe, atât de multe persoane și lucruri pe care numai banii și oamenii cu bani și le puteau permite. Anna privea cum degetul lui slab și lung se plimba pe ecranul telefonului, oprindu-se la alte persoane mai mult sau mai puțin importante de care aveau nevoie – fizioterapeuți, logopezi, bucătar, grădinar: alți oameni, alți bani.

Terzo era în toane atât de bune, își spunea Anna, încât nici chiar Tommy, sau masa pregătită de el, nu-l deranja. Degetul lui se plimba în continuare pe telefon, precum laba unei pisici care preferă să se joace cu o pasăre cântătoare înainte de a-i lua piuitul. Se impunea, a continuat el, amenajarea casei părintești astfel încât să corespundă nevoilor unei persoane atât de fragile cum era Francie – rampe, balustrade, mânere, toaletă, duș, mai multe reparații minore și întreținere. Era nevoie de un constructor.

În timp ce-și mângâia barba argintie bine ajustată sub care încerca să-și ascundă gușa moale, după cum Anna o știa prea bine, Terzo a spus că totul se reducea la dragoste.

Siguranța cu care Terzo își prezentase noul plan o făcea să se simtă neașteptat de împăcată cu sine.

Gândindu-se la starea de degradare în care se afla mama lor, pe care trebuia să o stopeze, planul lui Terzo a devenit rapid şi planul ei, apoi ţelul ei şi, în final, o dovadă de bun-simţ.

9

Tommy a mai pus câte ceva pe masă şi, când s-a aşezat la loc, a început să bâlbâie ceva despre nevoia de a accepta moartea. În timp ce fratele ei vorbea, Anna a privit pereţii bucătăriei pe care atârnau tablourile lui nevândute – picturi în culori vii, agresive, cu tuşe acrilice aplicate sculptural, cu oraşul Hobart şi muntele lui, cu râul, peştii şi plantele din partea locului şi animale lovite de maşini. Tablourile lui erau total demodate şi astfel, din perspectiva Annei, total jenante. Terzo era mai tolerant, poate fiindcă arta însemna atât de puţin pentru el. Ce e arta dacă nu o mare bâlbâială, îi spusese el odată, sarcastic. N-are nici o treabă cu viaţa, nu crezi? Fiecare îşi dă cu presupusul care a fost ultimul cuvânt sau care va fi următorul...

Până să termine de vorbit Tommy, Terzo s-a grăbit să spună că ăsta era doar un amărât de clişeu care prea repede devenea o condamnare la moarte.

Şi era adevărat, fiindcă ideea lui Tommy de a accepta moartea i se părea Annei lipsită de curaj în comparaţie cu dragostea nebună, feroce, înverşunată a lui Terzo, care, înţelegea ea acum, aşa cum stătea în camera aceea ca vai de lume a lui Tommy, devenea şi dragostea ei nebună, feroce, înverşunată. Pentru Terzo era simplu – Anna înţelegea acum de ce. Fiecărei probleme de sănătate a mamei lor i se opunea cruzimea lor infinit mai feroce. În clipa în care îi acceptai necesitatea, era de neoprit şi imposibil de înfrânt. Se simţea aproape îmbătată de forţa extraordinară a ferocităţii lor. Să cumpere ajutorul de care aveau nevoie cu averea lui Francie – o utilizare mai bună nici că se putea.

Tommy s-a mai bâlbâit o vreme, dar pentru ceilalţi doi nu mai conta; la urma urmei, ăsta era Tommy. Chiar şi atunci când stătuse la şcoala-internat cu fraţii lui mai mici se lăsase în grija lui Ronnie, el, Tommy cel slab, şi Ronnie puternicul, protectorul.

La înmormântarea lui Ronnie, în timp ce părintele Michael de la şcoala lor ţinea slujba, Tommy rămăsese afară, în curtea bisericii, refuzând să intre. După asta, aşa cum spunea Terzo, începuse *T-t-tommy*.

Acum sigur de compasiunea lor copleşitoare faţă de Francie, Terzo s-a întors spre Tommy, care obţinuse procură să se ocupe de averea ei cu puţin înainte de a fi spitalizată, şi i-a cerut să le prezinte situaţia financiară. Cum s-a exprimat el cu un zâmbet, deveniseră un consiliu de administraţie care examina preluarea unei afaceri. Aceasta era ultima piesă a unui puzzle, cunoaşterea deplină a averii lui Francie, ultimul pas în preluarea controlului asupra vieţii ei.

Exact *cât* preia consiliul de administraţie, Tommy? a întrebat Terzo.

10

Frenezia lui Terzo a părut că se evaporă pe măsură ce Tommy le spunea ce şi cum. Terzo a zis calm: Da. Şi a repetat, de mai multe ori, ca şi cum ar fi fost şi normal şi anormal, ca degetul Annei. *Da da.* Ascultau, dar ce anume auzeau? *Dadadada.* Şi, în timp ce Tommy continua povestea lui întortocheată despre documente ascunse în fundul şifonierului, despre contabili ieşiţi la pensie şi funcţionari de bancă evazivi, bâlbâiala lui devenea aproape incontrolabilă.

11

Anna şi-a privit fără să vrea mâna care o contraria şi, dându-şi seama că ar fi putut atrage atenţia asupra unui lucru pe care nu voia ca lumea să-l vadă, s-a uitat rapid la Tommy, în timp ce-şi trecea mâna peste genunchiul care lipsea şi el. Dar nimeni nu a observat, nimic nu se schimbase, tot ce se pierduse a rămas de negăsit; când s-a uitat din nou în jos, piciorul ei era tot îndoit la mijloc, de parcă ar fi fost făcut dintr-un polimer flexibil, recent descoperit, neîntrerupt de rotula genunchiului.

Cu o săptămână în urmă consultase totuşi o doctoriţă, în Sidney, căreia îi spusese despre durerile ciudate pe care le simţea în labele picioarelor, motivul aparent al vizitei. Ca să-şi ascundă piciorul fără genunchi în drum spre cabinetul doctoriţei îşi pusese o fustă lungă. Acum însă, întinsă pe un pat mobil, şi-a ridicat fusta ca să-și arate piciorul fără genunchi. Împreună cu mâna stângă, cea fără un deget, întinsă la vedere pe cearșaful scrobit de pe patul mobil, Anna simțea că și genunchiul și mâna erau atât de vizibile, încât nu mai trebuia să-i spună doctoriței care era de fapt problema, imposibil ca doctorița să n-o vadă cu ochii ei.

În timp ce stătea acolo, privirea i-a fost atrasă de o fotografie mare, înrămată, pe perete, cu o femeie îmbrăcată țipător pe un snowboard. Văzând-o unde se uită, doctorița - o femeie măruntă, cu ochelari mari care păreau să-i scoată în evidență fața de copil - i-a spus că ea era în poză, pe când concura *la Pan-Pacs*[1]. În fotografie, doctorița - de nerecunoscut în ținuta aceea - stătea ghemuită, suspendată în azurul auster al cerului alpin de parcă ar fi levitat peste pantele acoperite de zăpadă. Anna n-a scăpat ocazia să remarce faptul că *genunchii aveau de suferit*, la care micuța doctoriță a replicat: Nu chiar.

Anna a insistat, sugerând că genunchii sunt articulația cea mai *importantă*.

Doctorița tânără a trecut ceva pe computer.

Și nu numai pentru sporturile alpine.

Doctorița s-a apropiat de patul mobil.

Dacă mă gândesc bine, a continuat Anna, e tragic să pierzi un genunchi.

Doctorița a început să-i maseze labele picioarelor, să-i îndoaie degetele, să-i miște picioarele în toate direcțiile, apăsând, frecând, atingând, la fiecare secundă sau la al treilea gest punând o întrebare, fixând-o cu

1 Campionatele Pan-Pacifice (n.tr.)

ochii ei negri, ca de căprioară, din dosul ochelarilor mari, negri.

La răspunsurile ei monosilabice Anna punea întrebări lungi despre necesitatea genunchilor în toate activitățile, nu doar în snowboarding. Efectul de lungă durată al mersului asupra genunchilor. Al îmbătrânirii asupra rotulei.

Fără să răspundă, tânăra doctoriță și-a continuat consultul, aplecându-se ca să vadă mai bine. De fiecare dată când părul lung și blond îi cădea pe față, și-l dădea pe spate scuturând din cap. În clipele acelea Anna vedea că acolo unde ar fi trebuit să fie o ureche de copil, pe capul ei de copil, erau aceeași pată și aceleași urme vagi care marcau locurile în care fuseseră degetul și genunchiul ei.

Nu vă fie teamă, i-a spus doctorița zâmbind, însă Anna nu-și putea desprinde privirea îngrozită de capul acesteia.

În locul urechii nu era nici o cicatrice, nici o grefă de piele, nici o dovadă că ar fi fost vorba de un defect din naștere. În locul ei era acel luciu mult prea cunoscut al retușării digitale, aceeași poleială în care se ascundea lumea pe Instagram și Facebook, pe o sută de alte platforme și pe un milion de aplicații, corpuri în ceață, carapace golite de oase și mușchi, o eroare kardashiană pe Instagram, ceva înrudit cu animația digitală, tot mai departe de a fi om.

În timp ce-i examina corpul, doctorița nu-i dădea de înțeles că, în pofida profesionalismului pe care îl demonstra, i-ar fi remarcat absența genunchiului sau a degetului sau, mai mult, absența propriei urechi. I-a spus Annei că trebui să facă niște analize de sânge ca să vadă exact ce nu mergea. O analiză a sângelui poate lămuri multe lucruri, a adăugat ea.

Ceva care lipsește? a sugerat Anna plină de speranță, căutând poate s-o îndrepte într-o direcție anume.

Nu chiar, a zis doctorița, analiza ne spune doar unde e buba – de exemplu, un exces de granulocite sau un exces de grăsimi saturate.

Annei grăsimile saturate nu i se păreau nelalocul lor în corpul ei de vârstă mijlocie, chiar dacă, într-un fel, erau o descriere poetică. În timp ce Anna se gândea la ea ca la un exces de grăsimi saturate fără un deget și un genunchi, doctorița fără ureche vorbea înainte, fără a fi conștientă de propria-i ureche dispărută, de corpul pacientei, care dispărea și el. *A vorbit și a tot vorbit i-a spus* să poarte încălțăminte lejeră, să consulte podologi reputați, a completat un formular pe care i l-a înmânat recomandându-i să-l ducă la laborator pentru analizele la sânge.

La ieșirea din cabinet Anna a mototolit formularul, l-a aruncat într-un coș de la recepție și, aranjându-și fusta, a plecat acasă.

12

Printre buzele tremurânde ale lui Tommy se vedea o fărâmă de orez alb între dinții îngălbeniți. În timp ce Anna îl pironea cu privirea, Tommy a încetat să se mai bâlbâie. Trebuie să vă spun ceva, a zis.

S-a ridicat, s-a dus în bucătărie, şi-a turnat într-un pahar patru degete de whisky, le-a arătat sticla şi, când Terzo şi Anna au clătinat din cap, s-a întors la masă.

S-a aşezat, a luat o gură de whisky şi a continuat. De-abia de curând îşi dăduse seama cu adevărat ce i se întâmplase lui Francie. Nu numai că mama lor nu avea destui bani în conturi, dar, din punct de vedere financiar, situaţia era foarte proastă.

Terzo a spus că ar trebui să-i mulţumească Celui-de-Sus pentru banii lăsaţi de tatăl lor.

Tommy ţinea paharul în faţa lui cu ambele mâini privindu-l de parcă s-ar fi rătăcit pe mare, iar paharul era busola.

De fapt, aşa a început necazul, a zis el în cele din urmă, dând pe gât restul de whisky. Şi-a şters buzele cu un deget şi a tuşit. În urmă cu nouă ani, a continuat el, Francie s-a dus la bancă ca să vadă cum stă cu banii. Un consilier financiar a convins-o să-şi retragă toate economiile şi să le investească în câteva produse bancare noi, mult mai lucrative, care să-i întreiască suma iniţială. În şase luni a pierdut toţi banii. Absolut toţi!

Ca să-şi achite facturile, a continuat Tommy, Francie a început să se împrumute de la bancă girând cu casa, o ipotecă inversă cu rate mari, fixe, ale dobânzilor. Aşa se face că Francie a trecut de la statutul de persoană cu economii substanţiale, fără nici o datorie, la o persoană îndatorată până peste cap. Mai rău de-atât, Francie este foarte aproape de punctul critic, cu alte cuvinte dacă mai trăiește încă douăsprezece luni, valoarea casei nu mai poate acoperi datoriile.

Întorcând problema pe toate părţile, dacă nu luăm măsuri urgente, foarte curând mama va rămâne fără casă. Singura soluţie pe care o văd eu este să vindem casa părintească, să achităm datoria şi cu puţinii bani rămaşi să deschidem un cont de economii la bancă, e şi mai practic aşa. Totul e aici, a zis Tommy ridicând un plic pe care erau mâzgălite mai multe cifre. Vă pot arăta mai încolo, dacă vreţi, oricum, am încercat să fiu cât mai zgârcit cu banii.

Tommy calculase rambursările anuale la o ipotecă nouă, mai mică, dobânzile, asigurările, utilităţile, cheltuielile de întreţinere şi le înmulţise cu trei, adică pe trei ani, ajungând la suma impresionantă de 200 000 de dolari. Nu avea idee cât costa planul extins al lui Terzo de asigurare a asistenţei medicale a mamei lor dar după părerea lui ajungea la cel puţin 30 000 de dolari pe an. Înmulţit cu trei şi adăugând cele 200 000 de dolari, aveau nevoie de aproape 300 000 de dolari – sau chiar mai mult.

Şi asta, a conchis Tommy, doar pe trei ani.

13

Terzo a oftat – o reacţie de resemnare neobişnuită din partea lui – şi, după ce a terminat cu oftatul, a zis că va contribui cu 200 000 de dolari, considerând că era vorba doar de bani, o opinie, şi-a spus Anna, poate mai ușor de împărtășit de către un antreprenor decât de Tommy, pictor ratat și vajnic pescuitor de homari.

Terzo știa la fel de bine ca și ea că Tommy nu avea nimic. Și înțelegea că nici ea nu avea de ales, trebuia să vină cu restul de bani, 100 000 de dolari. Nu că i-ar fi avut. Încă mai plătea ratele la noul ei apartament din Potts Point, o datorie din multe altele: acțiunile prin care devenise asociată la firma ei, ratele pentru Tesla, o a doua ipotecă pe o căsuță de vacanță de pe plaja de la Moruya.

Avea însă linie de credit. Deși nu avea bani, practic nu avea nimic, vira băncii sume din ce în ce mai mari pentru o viață din ce în ce mai anostă. Dar putea împrumuta mai mult. Ce mai conta încă o datorie pe lângă celelalte?

Iar dacă se ivise această problemă, acum aveau și o soluție - ce-i drept, nu una ideală, dar una care era fiabilă.

14

O introspecție sumbră a pus stăpânire pe cei trei. Tommy a strâns masa și s-a dus în bucătărie ca să pregătească ceaiul.

Deși acum se puteau întoarce la viața pe care o considerau reală și complexă, Anna și Terzo nu făceau decât să se întoarcă la micimea telefoanelor lor, singura viață cu adevărat individuală, liberă de alții, o singurătate perfectă, gândea ea. A început să-și verifice mesajele și e-mailurile. Linkurile spre articole, meme, știri. Estimările privind numărul de animale pierite în incendii mergeau de la o jumătate de miliard la miliarde întregi. Era de neconceput era deja prea târziu se anticipa că cea mai mare parte din Australia avea să devină nelocuibilă că australienii ar putea deveni refugiați în propria țară din cauza schimbărilor climatice declara un climatolog aflat în vizită. Anna voia să posteze ceva vesel drept care și-a fotografiat labele picioarelor în sandalele cumpărate la aeroportul din Sydney. *Pantofi noi!* a scris ea. Oceanele se încălzeau cu viteza a cinci bombe atomice pe secundă.

Și totuși, în timp ce derula imaginile, amuzându-se sau înfuriindu-se, era tot mai panicată și mai îngrijorată, înțelegând că banii care ar fi trebuit să-i țină departe de mama lor nu făceau așa ceva; banii îi legau și mai tare decât și-ar fi dorit de adevărul corpului care o trăda pe Francie. De parcă, își spunea Anna, duhul înfrânt al mamei pretindea un fel de recompensă pentru că fusese înșelat.

15

După ce a plecat de la Tommy a luat un taxi până la Willing Brothers, în partea de nord a Hobartului. A comandat un pastis cu gheață, obicei luat de la Meg, și a stat singură în micul local, privind lung cuburile de gheață din pahar. În cele din urmă i-a telefonat lui Meg ca să-i dea vestea, cum 100 000 de dolari o vor scuti să revină din două în două săptămâni în Tasmania. Niciodată nu-i plăcuse insula pe care crescuse, insula care, în tinerețea ei, i se păruse că amenința să distrugă tot ce-și dorea ea să fie.

Meg i-a răspuns că știa.

Anna i-a spus că, în tinerețe, încercase să scape de insulă cât mai curând posibil, însă insula o trăgea înapoi ca o relație din care nu mai putea ieși.

Meg a zis că auzise asta de multe ori, nu trebuia să-i mai repete.

Dar simt nevoia să vorbesc, Meg, a spus Anna.

Meg a zis că știa, știa.

Anna își dădea seama că încerca, nici mai mult, nici mai puțin, să-i spună lui Meg povestea vieții ei și că undeva, în inima poveștii, dacă o putea găsi, era chiar inima ei. Viața ei era un mister chiar și pentru ea – cum să *știe* Meg când Anna habar nu avea?

Meg și-a cerut scuze, a doua zi trebuia să fie pe șantier exact la ora șase și jumătate dimineața; trebuia să închidă.

Anna era surprinsă și deranjată de cât de mică se dovedea a fi viața ei ori de câte ori încerca să o povestească, să-i dea o formă ca să scape de ea, cum întotdeauna o spunea prea repede, în câteva fraze banale, de neluat în seamă.

Iar peste un minut, când Meg a pus capăt convorbirii, Anna s-a simțit singură, abandonată, din nou prinsă în cursă, captivă.

16

În timp ce rostogolea gheața care se topea în pahar, Anna a înțeles că tot ce-i spusese adineauri lui Meg, chiar dacă era adevărat, era şi neadevărat, că, indiferent de situaţie, ea tot se va întoarce, mereu, şi, de fiecare dată când îşi va vedea mama o va cuprinde o emoţie atât de violentă, încât cu greu se va stăpâni să nu tremure ca o frunză. Indiferent de cât timp îi va lua să-şi stăpânească acea emoţie teribilă, va sta nemişcată lângă patul mamei. Nu existau cuvinte ca să o descrie, după cum nu existau cuvinte nici pentru senzaţia total opusă, de linişte şi bunătate, din clipa în care se aşeza şi lua mâna mamei în mâna ei, ascultând-o cum respiră, privind lung frumuseţea neaşteptată a feţei ei scofâlcite.

Și asta, simţea Anna, făcea parte dintr-o poveste pe care nu i-o putea spune cum se cuvine lui Meg.

Iar când aceste trăiri se amestecau şi se confundau cu dorinţa ei de a fugi, de a evada, Anna se întreba dacă nu cumva ceea ce înţelegea ea prin dragoste era de fapt teamă: teama de a fi considerată o femeie rea, teama de a i se demonstra că nu putea iubi. Oare dragostea trebuie demonstrată în mod public, se întreba ea, aşa trebuie să arăţi că dragostea e *dragoste*?

Oare toate planurile lor menite s-o ţină pe Francie în viaţă, toate strădaniile lor de a-i obţine aprobarea pentru un tratament medical riscant, toate intervenţiile făcute pe lângă persoane influente, intenţia lor de a-i asigura o îngrijire ireproşabilă şi, chiar în seara aceea, decizia de a cheltui sute de mii de dolari nu veneau din faptul că nu simţeau astfel de lucruri, ci din dorinţa de a *nu fi nevoiţi să simtă astfel de lucruri*?

Când a ridicat paharul ca să bea ce mai rămăsese din pastisul lăptos, a observat că un al doilea deget, cel mic de la mâna dreaptă, dispăruse şi el.

17

Pe drumul spre hotel, în loc să gândească, în loc să simtă, s-a apucat să caute înnebunită pe telefon „degete dispărute". Nimic relevant. „Genunchi dispărut". Nimic. „Ureche dispărută". Nimic. A încercat „pierdut". Nimic. Parcă era beată şi încerca să se ţină de o masă sau de un scaun, dar nici urmă de aşa ceva. A început să scrie o întrebare pe Twitter: *A observat cineva cum îi dispar părţi din corp...* dar, desigur, nimeni nu avusese o astfel de experienţă. Asta şi era problema. Nimeni nu văzuse. Absolut nimeni. Nici chiar doctoriţa. Doar mama ei, posibil, atinsă de demenţă, vedea în Anna nu un lucru, o formă, ci o fiinţă umană aflată în suferinţă. Anna a şters întrebarea şi a trecut la ultimele ştiri. Numeroase specii dispăruseră pentru totdeauna în incendii cât timp băuse ea în bar, nu mai rămăseseră destule albine, norii de fum cutreierau lumea, un politician spunea că nu are rost să se mai vorbească despre schimbările climatice, acum pur şi simplu trebuie să ne adaptăm şi să devenim mai rezistenţi. Cum să te adaptezi la propria-ţi crimă? se întreba Anna în timp ce privea un clip cu pisici. Asta se întâmpla oare? Se adaptau la propria dispariţie?

Era târziu de-acum şi poate fără sens, dar ceea ce cândva distrusese curgerea zilelor ei părea a fi, tot mai mult, singurul motiv pe care-l mai avea, în fiecare zi, ca să trăiască mai departe. Moment în care s-a întors spre şofer şi i-a spus că nu mai mergea la hotel, ci la spital.

18

Davy stătea în întuneric când a intrat Anna în rezervă, Francie dormea, cu buzele tremurând uneori, fără să rostească vreun cuvânt, făcând câte o grimasă, parcă mai vie în visele ei decât atunci când era trează. Davy şi-a scos căştile, a schiţat zâmbetul lui ciudat, în parte pierdut, în parte regăsit, în parte vesel, în parte trist, și s-au îmbrățișat ușor. Davy mirosea, ca de obicei, a ceva rânced, fetid și umed.

Anna i-a spus că-i plăcea liniştea pe care o simţea atunci când şedea lângă Francie.

Mintea ta e o grădină, mătuşică, a spus Davy. A mea e ca un oraş bombardat, Alep, ce mai.

Davy avea și haz. Și o veste mare. Dana, iubita lui, era gravidă în luna a şaptea. Dana nu vrea să se ştie fiindcă, a adăugat el, are probleme cu capul, e bipolară.

Davy a spus toate astea ca și cum ar fi stat în afara amalgamului de voci, acele voci exaltate, înspăimântătoare, răzbunătoare, care săreau și dănțuiau prin mintea lui bolnavă; cu alte cuvinte, ca și cum ar fi fost sănătos.

Acum însă Dana e într-un loc bun, e fericită, a urmat Davy, de fapt amândoi suntem pur și simplu încântați. Le-am telefonat părinților ei, care locuiesc în Queensland, la nord, ca să le împărtășim bucuria.

Anna a întrebat dacă-l anunțaseră și pe tatăl lui.

Siguranța fragilă a lui Davy a cedat. Nu, uitase. Dar probabil că avea s-o facă. Era o idee bună? Da, a zis tot el, cred că da. Îl voi anunța. Poate mâine.

Odată ce rezolvase și această problemă, buna dispoziție i-a revenit. Din punctul lui de vedere – Davy era de un optimism impecabil, teribil de naiv și, în felul lui, atât de simpatic – totul era în regulă.

Anna însă nu era la fel de sigură, fiindu-i milă de sărmanul ei frate, care, când îi era lumea mai dragă, trebuia să plătească oalele sparte, cum făcea de fiecare dată când vocile se întorceau, inevitabil, iar Davy aiura din nou.

Davy a mai găsit un scaun acoperit cu vinilin albastru și l-a pus lângă al lui, pentru Anna, ca să stea și ea la căpătâiul lui Francie. Alternând între catalepsie, din cauza noului tratament, și o verbozitate exagerată, în noaptea aceea Davy a sporovăit în neștire despre copilul pe care îl aștepta, despre problemele de sănătate ale Danei, dar cel mai mult despre Netflix, la care îi abonase Tommy de curând. Cu Netflix ai cu ce să-ți umpli timpul, a zis Davy. Anna își imagina că, neavând o slujbă și neputându-și găsi una, Davy și Dana aveau destul timp la dispoziție.

Davy a adăugat că de aproape două luni nu se dezlipeau de televizor; vedeau tot ce se putea vedea, serialele erau ca niște basme pentru adulți, spuse înainte de culcare, iar Dana credea că ajută la dezvoltarea mentală a fătului.

Totuşi, în ultima vreme începuse să observe ceva: serialele, toate, erau concepute ca o enigmă sau un joc, unele, mai noi, chiar erau jocuri, frumoase, ce-i drept, şi, în momentul în care le prindeai şpilul, le găseai antrenante. Asta observase el. Şi amuzante, precum yo-yo-ul. Sfârleze *angry birds*. Câteva jocuri video de care Anna nici nu auzise. Davy a adăugat că se surprindea urmărind felul în care momentele importante ale acţiunii erau legate subtil, telespectatorul fiind în mod deliberat, cu viclenie, îndrumat pe piste greşite, contrar aşteptărilor lui. Povestea începea să pară la fel de calculată ca un algoritm, împingându-te spre un final care putea fi la fel de bine începutul alteia.

Sigur, înţelegea că unele lucruri sunt făcute doar ca să te distreze. Poate majoritatea lor, ceea ce nu-i rău, a zis Davy. Dar dacă nu aveau miez, nu-l atrăgeau deloc. Curând urma să devină tată şi avea nevoie de ceva mai mult. Poate că era nebun, cine ştie, dar avea nevoie de ceva mai mult. Poate că tocmai fiindcă era nebun avea nevoie de şi mai mult.

Fiindcă vreau să ştiu ce ştiu când mă regulez – scuze, mătuşică Annie, ştii ce vreau să spun, a continuat el, ce simt când râd, când plâng, când intră vântul pe fereastră, când viermii îmi muşcă din creier. Oare poveştile n-ar trebui să ne ofere ceea ce nu putem obţine din altă parte? Sigur, n-ar fi destul. Dar poate că ar fi ceva.

19

Umbrele aruncate în rezerva luminată doar pe jumătate făceau ca fața mamei să fie de nerecunoscut, își spunea Anna. Dintr-o parte Francie arăta ca un bărbat, din alta aproape ca o femeie tânără, iar dintr-a treia parte nu arăta deloc a om ci a gargui, nu doar moartă, ci ca și cum n-ar mai fi fost în viață de multă vreme.

Această ultimă impresie o șoca atât de mult, încât nu mai era atentă la vorbele lui Davy. Nu înțelegea de ce era atât de șocată: doar era Francie, chiar dacă nu ca mamă, nu ca o femeie supusă dorințelor copiilor ei, ci ca o femeie care mirosea, care scotea sunete, care-și făcea nevoile; cu alte cuvinte, ca o femeie deloc altfel decât Anna. Încerca să vorbească, dar fiecare cuvânt care-i venea în gât și gură era o piatră care o îneca. S-a întors spre Davy, care o privea lung cu ochii lui încercănați, dați cu kohol, acum ciudat de vii și de luminoși.

Sunt un om în deșert, care moare de sete, spunea el. Dar nu vreau să mi se arate o pancartă pe care scrie „Fântână". Vreau apă. Unde e? Da, poate asta e întrebarea. Poate asta e singura întrebare. N-ar trebui să existe niște lucruri care cel puțin să pună întrebarea?

Scuze, a zis Anna privindu-și telefonul și întorcându-se cu spatele.

20

Pe Instagram mii de păsări emblematice – papagali sângerii, cacadu negri, păsări cântătoare mici – arse în incendii, duse de vânt în mare, aruncate de valuri pe plajă, stârvuri nenumărate, acoperite de straturi de scrum negru, ud. Cineva postează o elegie pentru o țară frumoasă cândva cineva postează vestea despre dispariția unei specii. Cineva repostează cineva scrie pe Twitter cineva trimite mesaje cineva întreabă ce ai pe telefon... *Nimic totul nimic.*

21

Anna și-a privit nepotul. Pur și simplu vreau să urlu o întrebare spre ecran, spunea el. Ce înseamnă asta?

Anna și-a privit mama.

Ceva? Totul? Nimic?

Privea cum îi tremurau buzele lui Francie, în tăcere, alcătuind cuvinte în timp ce vorbea, dincolo de fereastră, cu vrăjitoarea și Constantine.

Ce?

ȘAPTE

1

Apoi a venit seara; Anna, în pat, și-a privit pe întuneric telefonul preț de o jumătate de minut. Ornitorincii erau pe cale de dispariție păsările-liră erau pe cale de dispariție Veneția era inundată din nou o furtună uriașă de praf se îndrepta spre Sydney. Un orășel de pe coasta de sud, la ora opt dimineața, întuneric beznă, cu excepția unei lumini de un roșu șters când apare lumina știi că trebuie să pleci, spune un bărbat, sirenele răsună în orășel anunțând sosirea iminentă a focului. Un koala ars țipând pe Facebook cugeta ea încercând să intre pe Instagram ura Instagramul oare era și ea Insta? Nu reușea și-a dezlipit degetul lipsă de pe ecranul telefonului l-a lăsat pe piept și a simțit o absență tulburătoare. Nu era nimic acolo unde ar fi trebuit să fie sânul și sfârcul.

Și-a trecut un deget peste tot pieptul. Și-a pipăit sânul stâng și apoi... *și apoi*... nimic. Sus, jos, s-a frecat panicată, înainte, înapoi. Nimic!

S-a dus la baie și a aprins luminile albe, calde. Și-a scos tricoul și s-a apropiat de oglindă. S-a întors în stânga, s-a întors în dreapta. În cele din urmă s-a întors cu fața. S-a privit lung.

2

Din nou același lucru: aceeași absență, simplă. Din nou nici o durere, nici o explicație, doar o pată întinsă: piele, carne, amintire. Ce rămânea? – o ceață, nici rană, nici corp, altceva.

Mai mult ca sigur se întâmplase ceva. Sau nu. Greu de spus, poate conta, poate nu. Două degete un genunchi sânul drept și el dispărut acum.

Anna se resemnase îndeajuns cu aceste dispariții ca să se gândească la consecințe, mai întâi asupra aparițiilor ei în public – *va observa cineva?* – apoi asupra dificultăților de ordin practic pe care le presupunea pierderea lor.

Din câte își dădea ea seama, un sân lipsă nu reprezenta un obstacol insurmontabil. Deși simțea că absența lui o dezechilibra un pic, această absență putea fi mascată de haine. Vara era mai complicat, acum însă vara era cea mai neînsemnată dintre problemele ei.

A început să râdă.

Fără să știe de ce. Brusc, sânul pierdut i se părea inexplicabil de amuzant. Se imagina alergând, în sfârșit eliberată de sutien, fără suport metalic, fără metal, fără push-up, fără spanx, fără bandă, fără căptușeală; în sfârșit scăpată de privirile pofticioase ale bărbaților, de labele lor, de a fi dorită, de a alăpta, de a face mamografii, biopsii, de a fi invidiată, de a fi luată în râs, de a-i vedea cum se lasă, cum atârnă, cum se bălăngănesc – *nu*, era un sân și atâta tot, neafectat de legătura lui cu corpul.

Oricum, gândea ea, forța gravitațională deja se făcea simțită, revendicând ceea ce fusese cândva o sursă de mândrie neexprimată, în ultima vreme sânul drept ca și geamănul lui adăugând tot mai mult la senzația de greutate.

Naiba să-l ia, și-a spus pe când întorcea spatele oglinzii. Sperând că acum sânul ei era liber și fericit, a hotărât ca, pe moment, să pună niște șosete în locul lui, propunându-și să vadă ce minuni ofereau farmaciștii celor care-și pierduseră un sân în situații mai traumatizante.

Fiindcă, nu-i așa?, erau și lucruri mai rele decât asta. În primul rând nu era vorba de cancer. În al doilea, după o serie de dispariții, Anna nu le mai privea cu oroare sau teamă, ci doar cu un interes calm, aproape detașat.

Singura surpriză pentru ea era cât de puțin se consuma pentru că se consuma atât de puțin.

3

Și astfel viața ei urma să continue ca și mai înainte. Părți din ea urmau să dispară, fără ca nimeni, nici măcar medicii, să observe ceva. Iar dacă nimeni nu observa, i-ar fi păsat cuiva? Iar dacă nimănui nu-i păsa, de ce i-ar fi păsat ei? Poate, gândea Anna, în toate astea exista și o consolare ciudată, chiar dacă nu o putea exprima în cuvinte. În săptămânile următoare a încercat să se concentreze asupra mamei ca să nu se mai gândească la toate câte îi dispăruseră, astfel de gânduri fiind, își spunea ea, pur egoiste.

Curând a descoperit că o obseda o ecuație, curioasă în felul ei. Poate că nu avea să mai dispară, bucată cu bucată, dacă își ținea mama în viață. La urma urmei, dacă Francie avea ceva de dovedit era că răul putea fi transformat în bine, că firea omului se supunea mereu voinței și că voința lor se va impune în toate privințele.

Revigorați de rezultate, cum spunea Terzo, în acele săptămâni se apucaseră să amenajeze pentru vânzare casa părintească. Ajunsă acolo într-o sâmbătă dimineață ca să dea o mână de ajutor, Anna a încercat să ignore încăpățânarea cu care Terzo scotea lucrurile din încăperi și le ducea la gunoi ca să arate că nu mai exista cale de întoarcere – casa era golită și gata de vânzare. Anna se concentra mai mult pe curățenie decât pe aruncat, dar la fiecare pas găsea câte un obiect pe care insista să-l păstreze – o sticlă de sos de roșii în formă de koala, o zaharniță din sticlă șlefuită, vechea oală în care Francie făcea cândva gem de gutui și de caise – dar care sfârșea și el la gunoi.

Îți mai amintești mirosul? a întrebat Tommy când Anna i-a arătat oala. Cum turna gemul de caise, cald, și siropul peste feliile unse cu unt? Și acum simt gustul.

Anna însă nu voia să-și amintească de gustul gemului, nemaipomenit, de mirosul lui de vară care umplea casa. Murdăria, mizeria din jur, erau prea șocante. Tommy, care își vizita mama aproape în fiecare zi, părea să nu observe. Golea dulapurile și sertarele nu ca un străin, ci mai degrabă ca unul de-al casei; la un moment dat a găsit mai multe ciocolate ascunse bine, cele mai multe stricate, și a izbucnit în râs, arătând spre rahatul de șoareci care marca distanța dintre sanctuarul lor din dosul frigiderului și scaunul lui Francie sub care mama lor scăpa resturi de mâncare din care se înfruptau șoarecii.

Un a-a-adevărat ecosistem pe care-l întreținea Francie, a zis Tommy. Păcat că s-a terminat cu el.

Anna a spus că-i părea și ei rău.

Nu mai vedea nimic, a continuat Tommy. Ochii o lăsaseră de tot, nu mai știa unde locuiește. Nu-mi dădea voie să-i fac curat, nu dădea voie la nimeni. Cred că n-o mai deranja nimic.

Pe Anna însă o deranjau toate. Mirosul, mirosul de oameni în vârstă. Praful pe care mama ei nu-l suporta și care era peste tot, uneori făcut grămăjoare. Covorul și țesăturile destrămate, obiectele care nu mai erau întregi de mult - un scăunel de bucătărie care de-abia se mai ținea, tigaia îndoită, cu mânerul atârnând, ibricul electric cu cablul desfăcut; fereastra care nu se deschidea, ușa care nu se închidea cum trebuie. Duhoarea de amoniac din baie. Greu de suportat. Patul comandat de Francie și Horrie după căsătorie, în care toți copiii fuseseră concepuți și alintați, în care Horrie arsese frunzele de toamnă, acum bun doar pentru groapa de gunoi. Noptiera în care se îngrămădeau șervețele folosite și batiste ce-ți luau nasul din loc. Tacâmurile și vesela mamei, în cel mai bun caz unsuroase, adesea presărate cu firimituri congelate şi transformate în pete groase de murdărie. Braţele alunecoase ale fotoliului din care Francie se uita la televizor, unde scăpase atât de multe căni cu ceai dulce.

Nimic nu era în regulă în casa aceea, şi, după ce-au golit-o şi au curăţat-o, astfel că a încetat să mai fie casa părintească, devenind doar o *proprietate*, au vândut-o într-un weekend. Cu ce a rămas după achitarea datoriilor, plus câte 75 000 de dolari de la Terzo şi Anna, au cumpărat rapid un mic apartament în suburbii, apoi au găsit un tâmplar care, sub îndrumarea lui Terzo, a construit rampe, a instalat balustrade şi a modificat baia adăugându-i un duş pentru persoanele cu handicap.

Pentru prima dată însă, voința și resursele familiei se dovedeau insuficiente.

4

Aducerea acasă a mamei lor a fost amânată cu o săptămână, apoi cu mai multe. Revenirile dătătoare de speranţe erau invariabil urmate de o cădere, infecţie, ulceraţie, paralizie temporară ici şi colo – şi tot aşa, fără oprire. Aceste mari impedimente – aşa le numeau ei, ceva peste care puteau trece – erau, la rândul lor, urmate invariabil de mici schimbări în bine, deşi de fiecare dată într-un corp fundamental mai slăbit decât înainte.

Şi astfel mama lor a fost purtată când la spital, când la centre de refacere şi de îngrijire pentru bătrâni, când înapoi la spital, iar în spital din salon la secția de dializă, din nou în salon, înapoi la refacere și de acolo la centrul de îngrijire, din nou la spital, iar și iar, totul devenind o rutină, un mod de viață pentru care se puteau felicita, repetând cuvintele lui Terzo: *Viața e viață!*

În tot acest timp Francie părea să rateze treapta dintre independență și dependența totală, brusc prea bătrână, prea infirmă, prea neputincioasă, prea fragilă, prea confuză, prea neajutorată, pe scurt, *prea mult* ca să poată locui singură. Tommy își dădea seama, Anna își dădea seama, Terzo evita să vorbească despre faptul că mama lor niciodată nu va mai putea să trăiască independent. Și în tot acest timp rutina pe care refuzau să o vadă demonstra că Francie stătea din ce în ce mai mult în spital, unde avea nevoie de îngrijire completă. Nimeni nu dorea să vadă - darămite să spună - că Francie era pe moarte, de multă vreme.

De parcă n-ar fi fost de ajuns, cu câteva luni în urmă - puțin după ce Anna făcuse un împrumut de 100 000 de dolari ca s-o ajute pe Francie - și banii începeau să dispară din casa Annei.

Anna avea obiceiul de a retrage de la bancă cinci sute de dolari în bancnote de douăzeci o dată la două săptămâni - ca bătrânii, știa prea bine - bani pe care-i ținea într-un sertar din bucătărie. Când micul teanc de bani a început să descrească mai repede decât era normal, Anna a început să fie mai atentă câți bani lua de acolo pentru cumpărături sau pentru o ieșire în oraş. De fiecare dată observa că lipsesc una sau două bancnote. Apoi patru sau cinci, sau chiar mai multe.

Gus.

El trebuia să fie. Nu ştia de ce Gus, dar lui Meg i-a spus că nu era Gus.

Meg a presupus că Gus avea nevoie de bani pentru droguri.

E vorba doar de câţiva dolari, nimic mai mult, a zis Anna, Gus n-ar face aşa ceva, sigur nu era el, era criză economică vremurile masculinitatea toxică piaţa imobiliarelor disperarea milenialilor petele solare şi, în momentele ei mai întunecate, poate eşecul ei ca mamă.

Cu alte cuvinte, Gus trebuie să fie, a conchis Meg, la care Anna a răspuns că nu avea nici un motiv să tragă această concluzie când, ştiau amândouă, asta era.

5

Acum Anna retrăgea o mie de dolari la fiecare două săptămâni. Din nou, cheltuia aceeaşi sumă. Din nou dispăreau mai mulţi bani decât cheltuia şi din nou sumele furate creşteau, ea se amăgea că-i cheltuie, iar Gus se prefăcea că nu-i fură.

Anna credea, mai degrabă presupunea, că Gus avea nevoie de bani şi era prea mândru ca să-i ceară. Într-un fel, îi înţelegea mândria, chiar i-o admira.

Cel puţin aşa încerca să se convingă.

Curând au început să lipsească şi alte lucruri – două inele cu diamant, unul de valoare, celălalt primit de la mama ei, mai puţin valoros, dar la fel de preţios pentru ea –, un colier din aur şi o pereche de cercei din argint. Obiectele dispărute se înmulţeau acum de-a dreptul sfidător. Singurul ei tablou valoros, un Blackman timpuriu, apoi un fotoliu de colecţie, un ceas Cartier Tank, cadou de la tatăl lui Gus când mariajul lor mergea bine. Nu tatăl lui Gus îi lipsea, ci ceasul de la el.

Pe Gus îl vedea mai rar, adică era şi nu era acolo. Deşi terminase facultatea, îi spusese că *mai avea câteva restanțe* – cam nebulos, dar Anna nu-i ceruse explicaţii, impresia ei fiind că băiatul o ocolea. Trăia ca un vampir, petrecând aproape tot timpul în camera lui, dormind până târziu, mâncând la miezul nopţii.

Anna remarca însă că după fiecare furt Gus era mai amabil, mai prietenos, mai atent, chiar făcea curat prin bucătărie sau rămânea în camera de zi şi chiar vorbea cu ea. Prin urmare în toată treaba asta era şi un stimulent, pentru el să mintă, pentru ea să ignore furtul şi să pretindă că fiul ei spunea adevărul. Astfel, în mod bizar, viaţa lor de familie devenea mai puţin tensionată, ca şi cum furturile ar fi fost un lubrifiant ciudat, dar necesar. În general însă, Anna îl vedea mai puţin pe Gus, şi ceea ce vedea părea de asemenea mai puţin: mai puţină bucurie, mai puţine râsete, mai puţină conversaţie.

Mai puţin Gus.

6

Când Gus era mic, de şase-şapte ani, după ce soţul o părăsise, Anna lucra de acasă, în Sydney, ca liber profesionistă. În camera cea mai mică din noua ei căsuță de pe Leichhardt Terrace, cu cea mai mare ipotecă, își instalase atelierul cu instrumentele specifice meseriei – planșeta cu rigle, echere și raportoare și, lipită de peretele opus, o ușă sprijinită pe două fierăstraie de mână, care servea drept a doua planșetă pentru schițele ei. Neavând cu ce să plătească o bonă, într-un oraș îndepărtat, fără sprijin din partea familiei, Gus trebuia să se joace singur ore întregi.

Anna învățase să închidă ușa atelierului, iar el învățase să nu intre. Dar după o vreme Gus bătea în ușă invocând o sută de motive, unele adevărate, altele născocite: ba că televizorul nu mergea, ba că voia la toaletă, ba că nu se putea îmbrăca, ba că nu găsea mâncarea. Anna îl ajuta cum putea, dar nu cum ar fi vrut Gus, adică fără rezerve: și în privința timpului și a dragostei. Nu; ea era categorică, nu pregeta să-și arate iritarea, să-și umilească fiul pentru pretențiile lui. Trebuia să-i intre bine în cap că mama lui se ocupa de televizor, de toaletă, de hainele și mâncarea lui doar din obligație, nu din dragoste, că dragostea nu ținea de foame și astfel fiecare trebuia să se întoarcă în lumea lui.

Închidea ușa din nou, inciudată că inspirația i se dusese pe apa sâmbetei, entuziasmul, cât de mic, provocat de o nouă idee sau de soluția unei probleme fiindu-i alungat de o emoție atât de copleșitoare, încât nu avea cuvinte să o descrie. Știa că, dacă deschidea ușa, l-ar fi văzut pe Gus stând pe podea, în fața ei, așteptând-o într-un moment din viață în care nimeni nu o mai aștepta. Uneori Gus vâra mesaje pe sub ușă pentru mama lui – desene cu el și ea, împreună. În astfel de clipe Anna simțea că se face zob. Dragostea lui, unică în felul ei, o tulbura peste măsură, o neutraliza, aproape că o scotea din minți. Se ridica în picioare, se așeza. Se ridica în picioare, se așeza și hotăra să nu se mai ridice. Se ridica în picioare și-l lăsa să intre.

Sentimentele Annei pentru singurul ei copil erau de o intensitate aproape insuportabilă, atât de puternice, încât pur și simplu o contrariau. Înțelegea că-i va dedica viața ei. Dar viața nu putea fi trăită doar pentru copil, fiindcă alta nu aveau. Înțelegea că făcuse tot ce putea face pentru fiul ei o femeie în situația ei, cum înțelegea și că pentru fiul ei nu era destul. De-abia mai târziu și-a dat seama că nici pentru ea nu era destul. Și totuși, nu s-ar fi putut altfel. Numai unei femei ca ea, mândră, ambițioasă, i se părea că nu era destul. În astfel de momente munca și viața erau un chin pentru ea, motiv ca să-și urască fiul. Înțelegea că trebuie să rupă ceva în el ca să poată merge mai departe împreună. Alternativă nu exista. Să-l bată ar fi fost o soluție mai blândă. Îi spunea să fie bărbat și, după o vreme, chiar a observat, cu cea mai mare ușurare și cea mai mare vină, că era.

Câteodată însă ceda și își cerea iertare de la el. Stând într-una din zile în fața planșetei cu o schiță pentru atriumul unui centru comercial, un proiect căruia încerca să-i insufle originalitate, un design inedit, energie și lumină, dar care, într-un final, trebuia să arate ca atriumul unui centru comercial, l-a strâns la piept și a plâns și i-a spus că nu înțelegea de ce.

Gus a privit-o lung, apoi și-a eliberat un braț din strânsoarea ei, a ridicat mâna și, înălțându-se pe vârful picioarelor, a prins-o de ceafă, a tras-o încet spre el, forța lui de copil atât de mică imensă pentru Anna, și i-a atins obrajii încă plini, ochii uluiți, fruntea încrețită. În atingerea lui nu era judecată, doar înțelegere care, pentru Anna, era înspăimântătoare. Se simțea legată, fără speranță, ea fiind veriga slabă, legată de cea puternică. Și totuși, câtă alinare găsea în felul lui de a-i măsura fragilitatea și slăbiciunea!

Îl lăsa în camera ei, pe un scăunel, lângă o măsuță. Se întorcea la planurile ei de renovare, săli de clasă, birouri corporatiste, în timp ce Gus, parcă vrând să o imite, desena în tăcere, clădiri, variațiuni nesfârșite a ceea ce numea el casă, cu o femeie înaltă, un băț, și un băiețel, alt băț, în fața ei, zâmbind. Îi aducea desenele ca să-i atragă atenția, ca să-l laude, însă Anna doar atât îi putea oferi. Ceva nu era în regulă, simțea asta ca pe o durere fizică - gâfâia, avea un junghi în piept, o slăbiciune în corp, o amețeală tot mai pronunțată - dar, în același timp, înțelegea că acel ceva nu era în ea, ci în afara ei, infinit mai mare decât ea, și că, împreună cu Gus, trebuia să reziste presiunii enorme dacă voia să meargă mai departe. Ea mersese, Gus însă, de-abia acum înțelegea, nu.

7

Când se gândea prea mult la asta i se părea... doar că încerca să nu se gândească prea mult sau să nu se gândească deloc, fiindcă, atunci când se gândea la asta chiar şi puţin, era covârşită de un vertij îngrozitor.

Se chinuia să nu cadă din picioare.

Într-o zi totuşi, cedând îndemnurilor lui Meg, când propria conştiinţă de părinte avusese câştig de cauză, a bătut la uşa dormitorului lui Gus şi a intrat, gata să-i spună că ştia. Că, într-un fel, chiar înțelegea.

Dar trebuia să-i pună capăt.

Numai că, în clipa în care Gus s-a întors spre ea din faţa computerului, a văzut că nasul îi dispăruse.

8

Îi făcea bine că era ocupată. Şi, trei săptămâni mai târziu - liniştită că Francie îşi recăpăta puterea şi coerenţa, chiar mai câştiga în greutate - invitată fiind, în ultimul moment, să susţină o prelegere la un simpozion în Bucureşti despre arhitectura sustenabilă şi schimbările climatice, Anna s-a hotărât să accepte. Înainte să ia avionul spre România, a scos bani de la bancă, a completat teancul din sertarul din bucătărie, şi-a luat rămas-bun de la Gus din pragul uşii lui şi a plecat la Hobart ca să o vadă pe Francie.

Pe măsură ce gândirea magică o lăsa să creadă că Gus nu fura de la ea şi că toate aceste dispariţii aveau ceva bun în ele, şi la spital, ignorând canulele şi perfuziile, aparatele, foiala asistentelor care verificau, măsurau, supravegheau, se străduia să creadă că mama ei nu numai că-şi revenea, ci se şi însănătoşea pe de-a-ntregul.

A luat avionul de la Hobart la Melbourne, apoi de la Melbourne la Singapore, unde, douăsprezece ore mai târziu, pregătindu-se să urce în avionul de Europa, a primit un mesaj pe telefon de la Tommy.

Mama f. bolnavă septicemie. Ultima soluție antibioticele. Medicii spun gata cu dializa.

A intrat pe Instagram Facebook Twitter nu-i venea ușor să țină telefonul cu doar trei degete a citit acum văd cum scrumul mătură strada. Acum văd cum se aprinde un copac. În afară de flăcări vizibilitate zero. Avem nevoie de mai mulți oameni ca să apărăm orașul. Suntem obosiți, dar sănătoși. Dar suntem aici! Cu drag, noi ###emoji Suna a mesaj din Budapesta anului 1956 tradus în emoji o durea mâna cu trei degete a schimbat-o cu cealaltă și l-a sunat pe Tommy. Au cerut să vină familia, a zis el. După ce-a vorbit cu fratele ei, a intrat din nou pe Instagram Facebook Twitter ca să nu poată gândi. Curentul a fost tăiat, a citit ea. Toate drumurile sunt blocate. Suntem izolați. Copaci căzuți pe toate drumurile, nu mai are cine să se lupte cu focul. E un holocaust negru. Nu avea cum să zboare în cealaltă parte a lumii dacă Francie era pe moarte.

Din nou, cum glumea Terzo.

9

Anna renunțase la călătoria spre București și se întorcea prin uriașa caravană de magazine spre sala de așteptare a aeroportului când a sunat-o Terzo. Tocmai vorbise cu nefrologul mamei, care îi spusese fără echivoc că există un moment în care dializa trece de la salvarea unei vieţi la distrugerea ei. Aceste noi complicaţii, adăugase medicul, însemnau, în opinia lui, că momentul fusese depăşit de mult. Conştiinţa le dicta să pună capăt dializei. Nici transferul ei la terapie intensivă nu mai era indicat, recomandând ceea ce se numea *tratament paliativ.*

Cu alte cuvinte mama e pe moarte, a zis Terzo, recurgând la tonul înalt, iritant, specific americanilor albi, pe care Anna îşi imagina că-l folosea în afaceri. Terzo a şuierat printre dinţi că îl enervase la culme aroganţa specialistului. Cine se credea, Dumnezeu?

Apoi Terzo a insistat până la epuizare să nu-şi lase mama să moară. Şi când, într-un târziu, şi-a rugat sora – epuizată, copleşită, din nou înfrântă – să-l convingă pe nefrologul ei, *atât de amabil și de înțelept*, din Sydney, să intervină din nou pentru ca Francie să rămână pe dializă, Anna, chiar dacă ştia că nu mai are rost, a fost de acord.

10

Dar, când l-a sunat pe nefrologul din Sydney pentru a doua oară, acesta a fost departe de a fi amabil şi înţelept. Chiar s-a răstit la ea. *Idiotul care are grijă de podgoria mea mi-a stricat toată recolta*, i-a spus. Trebuie, a mormăit el, să respectăm ce spune echipa de nefrologi din Hobart. Nu se cade să mai intervin o dată.

Şi cu asta a închis.

Anna a băut pe nerăsuflate două pahare mari de votcă cu apă înainte să-i trimită un mesaj lui Terzo cu vestea cea proastă.

Terzo a telefonat peste o oră. Ultima informaţie de la spital era că Francie se stabilizase şi acum era *în afara zonei de pericol*. Situaţia se ameliora, deci Anna putea să-şi continue călătoria. Printr-o cunoştinţă de la o corporaţie minieră chineză vorbise cu ministrul pentru resurse şi, într-o manieră pe cât de indirectă pe atât de adecvată, întrebase dacă s-ar putea ca această corporaţie minieră chineză să facă o donaţie generoasă prin entităţi neasociate în fondul de campanie al partidului. În trecere a amintit condiţia precară a mamei lui, precum şi poziţia intransigentă a spitalului în privinţa dializei.

Şi astfel, prin relaţii care duceau la alte relaţii, şi unele şi altele găsind modalităţi rezonabile de a se ajuta reciproc, prin persoane care cunosc persoane care pot vorbi cu alte persoane, în aceeaşi zi ministrul pentru resurse l-a sunat pe ministrul sănătăţii. Ministrul sănătăţii a vorbit cu un subordonat care la rândul său l-a sunat pe directorul spitalului. Şi, pe un coridor anonim al spitalului, directorul a vorbit cu şeful echipei de nefrologi şi, din nou, s-a încercat găsirea unei soluţii.

11

După ce-şi contramandase călătoria spre Europa şi-şi rezervase un bilet la avionul de Australia, Anna trebuia acum să-şi contramandeze revenirea în Australia şi să-și rezerve un alt bilet pentru Europa. După douăzeci și șapte de ore de schimbat avioane și escale, tocmai se cazase la un hotel din București când telefonul a început să-i vibreze în buzunarul jachetei. Era un mesaj de la Tommy.

În loc să-l deschidă, a intrat pe Twitter, mai suportabil. Patru mii de oameni fără scăpare, refugiați pe o plajă, protejați de un cordon de pompieri. Nisipul nu arde, scria cineva. Nici măcar nu se luminase de ziuă. Fotografii cu furtuni de cenușă. Fumul atât de gros încât nu vedeai nimic peste drum. Patruzeci și nouă de grade Celsius. Vânturi care băteau cu nouăzeci de kilometri pe oră. Când mașinile pompierilor porneau sirenele, toată lumea trebuia să intre în apă. Într-o țară atât de mare, locuitorii alungați în ocean. Când venea urgia roșie, doar asta le mai rămânea? Anna a postat mai departe un articol despre Renzo Piano.

12

A închis aplicația, a privit lung ecranul telefonului și, în loc să citească mesajul de la Tommy, a lăsat telefonul pe pat, a coborât la parter și a ieșit în fața hotelului, în frigul tăios, sub un cer umed, ca de ciment. A cerut o țigară de la un taximetrist care aștepta un client, prima ei țigară de când fumase ultima oară, în adolescență. Avea gustul care-i trebuia, avea gustul cunoscut.

Arătând cu țigara, l-a întrebat pe taximetrist despre ruina enormă de vizavi de hotel, o pastișă jalnică a arhitecturii clasice greceşti, din beton armat fărâmicios, cu sârme din oţel ruginit ieşind din plăcile nefinisate, cu coloane dorice construite doar pe jumătate, mâzgălită cu artă stradală şi năpădită de buruieni umede.

Într-o engleză poticnită, taximetristul i-a spus că fusese construită cu mai puţin de cincizeci de ani în urmă, alături de alte câteva împrăştiate prin Bucureşti, proiecte neterminate ale dictatorului, pentru care, după căderea lui, nu mai fuseseră bani nici ca să le termine, nici ca să le demoleze. Nimeni nu ştia cum să procedeze cu ele. Aşa că rămâneau pe loc, vestigii gigantice, hidoase, groteşti, deceniu după deceniu, ca nişte enigme care se năruiau încetul cu încetul.

Era opusul ruinelor Antichității, și-a spus Anna, care parcă îți cereau să ți le imaginezi când aveau oameni în ele, când erau ocupate; pe de altă parte, aceste ruine nu fuseseră ocupate niciodată; existau doar ca ruine, erau distruse înainte de a începe să fie de folos. Și vorbeau despre o copleșitoare lipsă de modestie. Designul lor umflat nu avea nimic frumos în el: dimpotrivă, părea că te apasă. Anna s-a dus cu gândul la teoria lui Albert Speer despre valoarea ruinelor, care-i plăcuse atât de mult lui Hitler, ideea că forța unei epoci rezidă în capacitatea ei de a rezista mileniilor, chiar și sub formă de ruine. Aceste gânduri nu-i dădeau pace, o derutau.

Sunt arhitect sirian, a zis taximetristul. Dar aici, în Bucureşti, sunt taximetrist.

Anna s-a uitat la el. Arăta bine, chiar dacă era îmbrăcat prost. Haina din piele neagră, crăpată, îi era prea mare, primită de pomană, probabil.

Credeţi că e trecutul lor, a adăugat el. Poate e viitorul dumneavoastră.

Era o observaţie? O insultă? Adevărul? Deşi ajunsese doar la jumătate, a mai tras o dată din ţigară şi a aruncat-o în rigolă.

Apoi a urcat în cameră şi a citit mesajul.

Încă un atac cerebral. Major. Nu ştiu ce să fac. T.

13

Apoi: taxiuri, săli de aşteptare, trenuri, scări rulante, cozi, avioane şi iar avioane până când, în sfârşit, uşile electrice de lângă benzile rulante pentru bagaje din aeroportul din Hobart s-au deschis şi a păşit într-o dimineaţă improbabil de albastră. În rezerva pe care o părăsise cu şaptezeci şi opt de ore înainte soarele dimineţii arunca o lumină supărătoare pe un pat gol.

14

Primul ei gând, cel mai sumbru.

15

Anna a auzit, cu inima strânsă, o asistentă care-i spunea că mama lor era acum la terapie intensivă şi făcea progrese. În drum spre secţia de terapie intensivă s-a tot întrebat ce înseamnă „face progrese". La unii vorbea gura fără ei. Sigur, și-a zis ea, epuizată din cauza diferenței de fus orar, mama lor e pe moarte. Dar se agață cu dinții de viață.

Astfel de gânduri au găsit-o total nepregătită la vederea unui cearșaf care părea să atârne de un cadru de sârmă – corpul scheletic al mamei, mama care nu mai arăta deloc ca mama. Anna i-a rostit numele. Ființa jalnică, vlăguită, care zăcea pe o parte, nu a scos nici un sunet, nu a făcut nici o mișcare.

O asistentă a intrat cu o măsuță pe rotile și, cu voce tare, a început să-i vorbească veselă lui Francie în timp ce amesteca într-o cană iaurt cu pastile pisate.

Lupta e lungă, spunea ea, dar dumneavoastră sunteți o luptătoare. Am dreptate, doamnă Foley? Și, vârând o mână sub ea, a ajutat-o pe Francie să se ridice în capul oaselor.

A făcut-o cu o delicatețe atât de neașteptată, încât Annei i s-a părut aproape o impietate să fie martora unui gest atât de intim. Asistenta nu părea revoltată, cum era Anna, de animalul din pat, care se degrada văzând cu ochii. Și totuși, Anna era fiica ei, pe când asistenta, doar o străină. De ce asistentei i se permitea această intimitate și ei nu? Cum putea o străină să aibă atâta compasiune, iar ea, o fiică, deloc?

Dar asistentei i se permitea și își făcea datoria cu prisosință.

Doamna Foley înghite mult mai bine acum, a zis ea mângâind-o pe Francie, ca și cum bătrâna ar fi fost copilul ei bolnav, iar ea, mama. Apoi i-a dat să înghită o linguriță cu amestecul de iaurt și medicamente. N-am dreptate, doamnă Foley?

Și, umplând din nou lingurița, a apropiat-o de gura deschisă a lui Francie.

Anna a întrebat-o pe asistentă câte pastile lua mama ei acum. Asistenta a lăsat cana jos și a verificat fișa prinsă de pat, apoi a spus șaptesprezece. Când Anna a întrebat dacă șaptesprezece era un număr bun, un număr sigur, asistenta a răspuns că toate pastilele erau necesare, altfel medicii nu le-ar fi prescris.

Asistenta a început din nou să o hrănească pe Francie, iar Francie, după cum observa Anna, se concentra cât putea de mult, încordându-se cu toată ființa ei ca să-și țină capul pe spate și gura deschisă. Lingea lingurița ca un câine bătrân, încrețiturile lungi ale gâtului unduindu-se încet, la întâmplare, în acel efort atât de necesar.

De-abia atunci când Anna și-a întrebat mama dacă se simte bine Francie a ridicat ochii, neobișnuit de mari și de bulbucați, privind repede în jur, în lumea lor înghețată, ca niște animale înspăimântate, prinse în cușcă. Anna s-a uitat îngrozită cum buzele crăpate ale mamei încercau să se miște, tremurând ușor, trist, ca un pui de pasăre, orb, mort de foame.

Dar fără să scoată vreun cuvânt.

Nu poate vorbi, a zis asistenta ridicând privirea. Din cauza atacului cerebral.

Zâmbetul asistentei s-a transformat brusc în grimasă şi din nou în zâmbet, moment în care Anna a observat că avea lacrimi în ochi. Cele două femei s-au privit lung şi au înţeles că aveau în comun măcar acest lucru. Anna simţea cum vibrează şi se învârte camera în jurul ei, cu o emoţie pe cât de copleşitoare, pe atât de nedefinită. Şi a trebuit să se uite în altă parte, să pună capăt acelor clipe, să nu mai audă vibraţiile, să nu se mai rotească.

Când s-a uitat din nou spre asistentă pentru a-i mulţumi, tocmai sosise o infirmieră ca s-o ducă pe Francie la tomograf, iar asistenta dispăruse.

În timp ce-i făcea cu mâna mamei pe coridor şi privea cum targa se îndepărta pe un alt coridor nesfârşit, Anna şi-a dat seama că le va fi imposibil, şi ei şi asistentei, să explice cuiva acel moment. Iar după un timp care nu avea să mai fie timp deloc, aveau să uite de tot acel moment, aveau să se uite una pe cealaltă, ca şi cum n-ar fi simţit acea emoţie enormă, ca şi cum nimic nu s-ar fi întâmplat.

Fiindcă nu se întâmplase nimic, dar se întâmplase totul.

16

Poate că Tommy voia să o consoleze, dar, când Anna l-a vizitat a doua zi dimineaţă, în drum spre aeroport, iar el i-a spus că Francie avusese o viaţă împlinită, cuvintele lui n-au făcut decât s-o scoată din fire.

Adică femeile trebuie vârâte într-o cutie şi să fie fericite în acea cutie?

Când Tommy a zis că-l înţelesese greşit, Anna l-a întrebat ce altceva voise să spună. Tommy s-a ţinut pe poziţie. A spus că, după părerea lui, Francie găsise înţelesul lucrurilor de care avusese parte.

Cu alte cuvinte, a întrebat Anna, mama lor trebuia să fie recunoscătoare fiindcă fusese obligată să joace rolul de casnică? Auzindu-se cum înjura, cum ţipa că asta nu e viaţă, şi-a dat seama că, din nou, avea aceeaşi discuţie cu Tommy care se repeta de când erau copii. Detaliile se schimbau, antagonismul fundamental, niciodată. O uimea faptul că Tommy susţinea un punct de vedere cu aceeaşi patimă ca şi ea, doar că al ei era exact opusul, însă amândoi erau la fel de convinşi că au dreptate. Și, în faţa unui om care nu se lăsa convins, Anna nu voia nici măcar o clipă să vadă lumea aşa cum o vedea el, preferând să se înfurie pe Tommy fiindcă lumea lui nu era lumea ei.

Nu cumva tu interpretezi viaţa mamei nu cum a fost ea cu adevărat, ci doar ca să-ţi justifici propriul eşec? a şuierat ea printre dinţi. Și s-a oprit, ruşinată de cât de rea, cât de meschină putea fi.

Furia ei nu l-a deranjat pe Tommy. Anna îşi amintea din copilărie această încăpăţânare calmă. Și ce dacă stăm cu toţii în cutii? a întrebat el. Tu în arhitectură, Terzo în afaceri, eu în pictură...

17

Și astfel cei doi s-au trezit, ca de atâtea ori de-a lungul anilor, privindu-se de departe, o distanţă ce părea să crească şi să devină tot mai tristă de fiecare dată când se întâlneau. Situația îi descumpănea pe amândoi, iar pe Anna o făcea să se înfurie și mai tare pe fratele ei.

I-a spus că, în ceea ce o privea, cutia ei era mult mai bună decât cutia lui Francie – ca și cutia lui. Ca și cutia lui Terzo.

Tommy nu era sigur. Chiar te simți mai bine că ești asociată la firma ta de arhitectură?

Da, a răspuns Anna, da, mult mai bine, mulțumesc de întrebare, Tommy. În plus, viețile noastre nu sunt cutii, ci opțiuni, ce opțiuni a avut Francie? Nici măcar nu-și putea face curat prin amărâtele ei de dulapuri.

Și totuși Tommy nu era de acord, cum nu era niciodată. Nu, a zis el, ce văd eu este o femeie cu o concepție de viață care pare, cel puțin din punctul meu de vedere, în ton cu personalitatea ei și cu locul în care se găsește. Bineînțeles că nu recomand această concepție de viață nimănui. Absolut nimănui. Dar văd viața mamei ca pe un triumf al voinței sale în fața tuturor opreliștilor: o femeie care nu s-a lăsat învinsă de viață. Sigur, n-a avut parte de o viață frumoasă sau de viața care i se cuvenea. Dar e viața *ei*.

Anna a răspuns că nu fusese o viață bună.

Care viață e așa? a întrebat Tommy.

Ei, drăcia dracului! a exclamat Anna. Noi suntem liberi, pe când Francie n-a fost niciodată.

Și cu asta a plecat.

18

Dar când Francie a vrut să moară, gândea Anna, când a vrut să controleze ce se întâmpla cu corpul ei, fiica ei, cu toate ideile ei despre libertate, despre eliberare, cu toată cruzimea ei iubitoare, a îmbrâncit-o înapoi, într-o închisoare din care nici măcar voința de nestrămutat a mamei sale nu o putea scoate.

19

De-abia după ce toată lumea a acceptat că Francie va trăi și după alte câteva săptămâni de tăcere din partea ei, Francie în sfârșit – aproape ca prin miracol – *a intrat în program*, cum a spus Terzo când i-a telefonat triumfător Annei.

Fratele ei a descris cum în fiecare dimineață mama lor se ridica în capul oaselor, cu corpul ei acum ca de pasăre, și pur și simplu cerea o cană cu ceai. Pentru Terzo era ca și cum neputința fusese tot timpul doar o chestie premeditată, copilărească din partea ei. Confruntată cu faptul incontestabil că viața ei nu ajunsese la capăt, Francie trebuia să accepte hotărârea familiei de a nu o lăsa să moară, a continuat Terzo, cu mirare în glas, de parcă încă o companie recapitalizată renăscuse din cenușă.

Îți poți imagina așa ceva? a adăugat el cu aceeași înflăcărare. Să se ridice în capul oaselor? Să ceară o cană cu ceai? După toate săptămânile alea în care n-a scos o vorbă?

20

Când a revenit la Hobart în weekendul acela, salutându-și mama cum făcea de obicei, întrebând-o cum se mai simțea și pregătindu-se ca întotdeauna să răspundă ea însăși, Anna a privit cu uimire cum au început să-i tremure buzele uscate, cum gura i s-a destins în ceea ce se voia a fi un zâmbet, cum puținii dinți galbeni, rupți, și coroana din aur au ieșit la iveală în timp ce, cu o voce ca un croncănit, mama ei a îngânat: Cât mă bucur să te văd, copila mea!

21

Tot ce se termina și începea, toate știrile erau aceleași, în fiecare seară citea pe telefon mai multe știri reconfortante despre monstrul Trump în *New Yorker* și *Vanity Fair*, chipurile știri când, de fapt, nu mai făceau parte din realitate, basme pentru adulți care, prin ritmurile și monotonia lor, o îndemnau la somn doar ca să se trezească și mai îngrijorată ca înainte. Sub o imagine postată de Davy, cu un vampir, era o știre despre un preot trimis la închisoare în urma denunțului unui fost elev pe care Terzo îl cunoștea și despre care spunea că minte de îngheață apele. Avocatul altui preot considera violul oral al unui băiat care dădea ajutor în biserică drept o simplă penetrare sexuală, fără aportul băiatului în cauză. Cum așa? s-a întrebat Anna. La două săptămâni după ce un întreg cartier fusese distrus de un incendiu, un al doilea incendiu a distrus tot ce mai rămăsese. Cum era posibil?

OPT

1

Buzele ei subțiri și palide s-au țuguiat în ceea ce se voia un sărut, gestul disperat al unui corp care nici măcar nu-și mai putea coordona pe deplin mișcarea feței și a buzelor. Rămânea un pic mai mult decât disperare, panică. Anna și-a lăsat mâna pe antebrațul ei, dar, ca prin minune, a trecut prin carne ca să atingă doar osul. Atât de puțin mai era din Francie, încât totul părea că atârnă de ea în falduri – cămașa de noapte, inelele, pielea ca o rufă suflată de vânt spre un copac, iarna.

Annie, *copila mea*, a îngăimat ea. A mai trecut o jumătate de minut până a găsit destulă putere ca să vorbească din nou. A ridicat capul de pe perne. Te rog, a spus răgușit. Te rog, copila mea. Nu mai vreau durere.

Anna a privit-o pe Francie, care se mai ținea, cel puțin așa i se părea ei, în virtutea obișnuinței și a epuizării. Pentru prima oară observa crustele numeroase de pe fața mamei, cât de uscată îi era pielea, fragilă precum hârtia arsă, aproape un praf, așteptând să se rupă și să se facă fărâme. Ca și cum, nefiind lăsat să moară ca un întreg, părțile componente ale corpului ei cedau una câte una – desprinzându-se, căzând, dezintegrându-se – abandonând lupta. Francie înghițea în sec, cu gura întredeschisă, cu bărbia împinsă înainte, presărată cu peri albi, încreţiţi, tari.

Anna a găsit o pensetă în caseta lui Francie şi s-a apucat să-i smulgă perii. Francie, aparent conştientă de ce făcea fiica ei, ţinea faţa nemişcată, hotărâtă, îndurând cu stoicism, ca noaptea de tăcută, înghiţind în sec şi inspirând adânc la fiecare fir de păr smuls; dar penseta tremura şi nu voia să se oprească.

Am ajuns la capăt, a murmurat Francie. A înghiţit în sec, s-a strâmbat, şi-a revenit. Vreau să mor.

Anna a aşteptat-o să mai spună ceva. Dar mama ei a spus doar atât. Capul lui Francie a căzut pe perne şi ochii i s-au închis, poate epuizată de efortul de a rosti acele cuvinte.

Francie, sărmana, confunda recuperarea ei cu apropierea morţii. Nu-şi dădea seama că la sfârşitul ei nu era nici un sfârşit, doar un delir continuu al vieţii care, ce-i drept, nu era deloc viaţă. Nu înţelegea hotărârea copiilor ei de a o ţine în viaţă. Dacă ar fi înţeles-o, poate că s-ar fi temut de ea mai mult decât de moarte. Anna a continuat să-i smulgă perii, dar penseta tremura şi, în ciuda încercărilor ei, nu o putea opri.

2

Din câte ştia Anna, aceea a fost ultima zi în care a vorbit Francie. În seara de după încercarea nereuşită de a-i smulge perii, Francie a avut un mic atac cerebral, iar în următoarea săptămână, un şir de alte mici atacuri cerebrale. Acele câteva zile în care vorbise păreau acum exact ce erau, mai curând o ciudățenie decât o ameliorare de moment. Sau poate, și-a spus Anna mai târziu, nu ameliorarea de moment pe care și-o dorise Francie când își adunase ultimele puteri ca să vorbească, în speranța că cei trei copii ai ei îi vor auzi dorințele și, auzindu-le, le vor onora și o vor lăsa să moară.

Pe măsură ce starea lui Francie se deteriora cu fiecare nouă catastrofă, hotărârea lui Terzo de a-și ține mama în viață nu făcea decât să se întărească. Dacă în trecut lua avionul spre Tasmania doar când intervenea o criză, acum își făcea apariția aproape în fiecare săptămână, uneori pentru doar câteva ore, uneori pentru câteva zile. Se punea la punct cu tratamentele și medicația mamei, discutând cu medicii, impulsionându-i, ba chiar pledând pentru alte abordări, atitudine pe care unul dintre medici a avut imprudența de a o numi „interferență agresivă". Terzo a replicat tăios, spunând că el o numea grijă neprecupețită pentru ca mama lor să trăiască.

Și astfel mama lor continua să trăiască, indiferent de ce însemna acum viață pentru ea. Era aproape ca o nebunie, poate că era o nebunie, poate că toți erau nebuni în felul lor, gândea Anna în timp ce repeta, împreună cu Tommy, inepția lui Terzo despre victorie până aproape să o creadă și ei sau, cel puțin, să refuze alternativa. În acest spirit comun al pierderii lucidității au salutat un nou șir de mici atacuri cerebrale ca pe un fel de victorie fiindcă Francie rămânea în viață. Efectul cumulativ însă era devastator: Francie paralizase pe o parte. Infirmierele îi schimbau poziția corpului la fiecare oră ca să prevină apariția escarelor.

3

În următoarele zile Anna a putut doar să o supravegheze pe Francie, uneori stând cu ea în lungile ore de dializă – în huruitul aparatului, fața veștejită a lui Francie și mai schimonosită, undeva între îndârjire și un chin nesfârșit care, invariabil, o lăsa epuizată.

În tot acest timp Anna a observat că asistentele vorbeau frecvent cu mama ei de parcă Francie nu ar fi fost o octogenară bolnavă, ci o tânără atletă olimpică, respirația ei, înghițitul sau schimbarea poziției corpului în pat fiind ca niște recorduri personale, rodul unei îmbinări extraordinare de curaj, rezistență și voință.

Respiri mult mai ușor azi, Francie, îi spuneau ele voioase sau remarcau încântate cât de bine *se întorsese* pe partea cealaltă când, de fapt, infirmierele îi întorceau corpul fragil dintr-o singură mișcare, ca pe o carcasă. Sau o lăudau cum înghite mâncarea, înghițitul fiind un posibil preludiu la recăpătarea vorbirii, o minune demnă de a fi ridicată în slavă.

Poate că acestea nu erau doar performanțe comparabile cu cele ale unui atlet olimpic, gândea Anna, ci chiar mai mult de atât. Datorită forței ei interioare, îngrijirii medicale sau doar norocului, mama ei, deși nu se făcea mai bine, se stabilizase îndeajuns pentru ca întreruperea declinului să li se pară celor trei frați un adevărat triumf.

Anna număra câte pastile lua acum Francie în fiecare zi – douăzeci și una – și, gândindu-se la ele, era evident că, deși șase pastile erau mai acceptabile decât șaptesprezece, iar șaptesprezece, mai acceptabile decât douăzeci și una, ce conta acum era că douăzeci și una de pastile erau mai acceptabile decât moartea. Fiindcă orice era mai acceptabil decât moartea, și a învinge moartea era tot ce conta – *singurul* lucru care conta.

Din acest motiv Francie trebuia să-și dea toată silința, în fiecare zi, ca să mai facă un pas spre un viitor fără sfârșit. Dacă, pentru a trăi, Francie trebuia să muncească la fel de mult ca un medaliat cu aur la Olimpiadă, adică să înghită cele douăzeci și una de pastile în fiecare zi, asta era. Dacă era să ducă o viață de câine, de ce nu? Tot viață se numea. Și, la urma urmei, viața nu era de preferat morții?

4

În următoarele două luni mama lor și-a revenit treptat – chiar dacă numai parțial – de pe urma atacurilor cerebrale, mai întâi reușind să-și miște torsul, apoi, unul câte unul, membrele superioare și cele inferioare. Vorbirea însă o ocolea. Când în sfârșit a putut să-și folosească mâinile, a primit o placă din carton cu alfabetul. Astfel putea arăta cu degetul literele cuvântului pe care voia să-l comunice.

Anna ședea lângă ea și își nota fiecare literă până când se dumirea asupra sensului, moment în care rostea cuvântul, iar Francie înclina sau clătina din cap.

am fost noi

De multe ori cuvintele erau amestecate, anagrame care trebuiau ghicite, propoziţii incoerente, cu înţelesul greu, dacă nu imposibil, de priceput sau, mai rău, coerent la modul straniu, dar fără nici o logică.

ochi peste tot

La unele râdeau amândouă când Anna le citea cu voce tare. Lui Francie nu-i scăpa umorul involuntar, dimpotrivă, spre meritul ei, îl înţelegea foarte bine.

ea dumnezeu dă

Câteodată Anna se întreba dacă erau halucinaţii, de dincolo de fereastră, sau efectele medicaţiei. De cele mai multe ori mama ei obosea atât de repede, încât lăsa să-i cadă mâna pe pat, întorcea capul - faţa ei suptă, cu profilul de pasăre de pradă, atât de deosebită de faţa bucălată din memoria Annei, părea gravată pe pernă - şi adormea. Anna vedea acum, pe chipul adormit al mamei, o nouă ferocitate, total inexplicabilă, în acelaşi timp o revelaţie şi o acuzaţie.

Se apleca doar ca s-o ajute cu placa de carton; îi venea greu să se apropie prea mult. Francie mirosea a putred, ca şi cum cineva ar fi destupat o sticlă în care un organism îngălbenit, o broască sau un fetus de miel mort de mult, se păstra în formaldehidă - un miros deopotrivă farmaceutic şi uşor fecal. Dar Anna insista, cu răbdare şi un fel de generozitate pe care nici ea nu o înţelegea, forţându-şi mama să folosească placa din clipa în care se trezea, făcând-o să comunice. Placa o enerva pe Francie, care arăta mereu spre aceleaşi litere.

S.Ă.M.Ă.P.L.E.C.

Anna a întrebat-o dacă voia *să se aplece.* Dar fața lui Francie a rămas impasibilă. Cu degetul tremurând deasupra plăcii a început să arate aici, aici și aici, în timp ce Anna rostea fiecare literă, apoi grupul de litere ca un cuvânt posibil.

La – să, a zis ea. Lasă? a întrebat.

Annei i s-a părut că Francie înclină din cap. Din nou degetul ei a șovăit deasupra literelor și apoi le-a împuns, corpul și mintea ei străduindu-se să se coordoneze în acea încercare supraomenească.

La – să – mă. Lasă-mă? a întrebat Anna.

Francie a părut că înclină din cap și din nou a început să tremure și să arate literele cu degetul.

Să... *plec? Lasă-mă să plec?* a întrebat Anna.

Mâna mamei a căzut pe pat.

Lasă-mă să plec? a repetat Anna. Asta îmi ceri?

O parte a feței parțial paralizate a lui Francie a părut că tresare, o reacție ciudată, ca o bubă de pe buze pe care o strângi, o lași câteva clipe și iar o strângi.

Unde, Francie? a întrebat Anna.

Dar când mama ei n-a răspuns, a repetat întrebarea: *Unde* să te las să pleci, Francie? Unde vrei să *pleci*?

Și-a dat seama că Francie o țintuia cu privirea.

Dar ai să te faci mai bine, mamă, i-a spus zâmbindu-i.

Mama ei o țintuia cu privirea. Anna nu era sigură dacă vedea în ea uluire sau groază.

Iar viața va merge mai departe, a adăugat Anna.

Placa din carton a căzut pe podea.

Păcatul crește și tot crește, și-a spus ea.

5

A doua zi cursa ei spre casă, programată pentru ora 12:30, a fost amânată din cauza fumului gros din Sydney, mai întâi la 14:15, apoi la 17:50 și în final la 20:55. În avion Anna a glumit pe seama așteptării îndelungate cu vecina de scaun, și gluma s-a transformat într-o conversație veselă.

Pe femeie o chema Lisa Shahn. Era mult mai tânără, în jur de treizeci și cinci de ani. Avea părul negru prins neglijent în coadă de cal, un inel în nas, ghete Blundstone, pantaloni trei sferturi din in, de culoare oliv, și un pulover croșetat roșu-închis. Era relaxată, de un farmec aparte. De profesie cercetătoare, coordona un program guvernamental de salvare a papagalului cu burta portocalie. Rămăseseră mai puțin de douăzeci în toată țara.

Când Anna a întrebat-o dacă reușea să stopeze dispariția păsărilor, Lisa Shahn a răspuns că nu acesta era scopul. Păsările probabil că aveau să dispară. Sau poate nu. Din păcate, deocamdată ea și colegii ei nu izbutiseră să oprească fenomenul de extincție.

Stewardesa a venit cu căruciorul de băuturi și, după ce Lisa Shahn a cumpărat un gin și apă tonică, Anna s-a gândit să-i urmeze exemplul. Au ciocnit paharele de plastic.

Îți poți imagina, a zis Lisa Shahn apropiind paharul de geam și arătând spre nori, o pasăre mai mică decât paharul ăsta care zboară până acolo? Deși nu sunt făcute pentru așa ceva, nu ca pasărea-furtunii, rândunica-de-mare, corla și sitarul, care zboară din Arctica și Siberia până în Tasmania și înapoi, în fiecare an, a continuat ea. Prin comparație, papagalul cu burta portocalie e doar un luptător care își depășește condiția.

Felul sugestiv în care interlocutoarea ei descria cum în fiecare primăvară aceste păhărușe zburătoare – cum le spunea – migrau din partea continentală a Australiei până în Port Davey, una dintre cele mai îndepărtate zone ale Tasmaniei, atingea, surprinzător, o coardă sensibilă a Annei. Micuții papagali zburau sute de kilometri peste oceanul nestăpânit, supraviețuind unor furtuni și uragane teribile, păsărilor de pradă și oboselii, ca să revină la locul lor de naștere și să puiască în sălbăticia tasmaniană.

Și în fiecare primăvară, a adăugat Lisa Shahn, rămân tot mai puțini.

6

Lisa Shahn a sorbit din pahar, l-a lăsat jos și s-a uitat lung pe geam, gânditoare.

Apoi s-a întors brusc, făcând-o să tresară. Avea o privire neașteptat de feroce, ca trezită brusc din reverie.

Anna, a zis, știi povestea Mathinnei?

Menţionarea atât de directă a numelui şi privirea brusc fioroasă, atât de intensă, au tulburat-o pe Anna. Avea o senzaţie ciudată, se ruşina că femeia de lângă ea o *vedea* cum simte multe lucruri pe care nu se aşteptase să le mai simtă vreodată.

Cu mult timp în urmă, prin anii 1830 sau 1840, povestea Lisa Shahn – iar Anna asculta cu atenţie – Mathinna rămăsese poate ultima din neamul ei, care trăia în Port Davey, tatăl ei fiind căpetenia. Oamenii aceia trăiau acolo de patruzeci de mii de ani. Albii au furat-o de la părinţii ei, au făcut din ea o prinţesă neagră, o jucărie, un suvenir, un trofeu, apoi au lăsat-o în voia sorţii, întreaga ei familie fiind moartă.

Anna simţea cum dezorientarea creştea în ea ca o revoltă, cum o ustura faţa.

Dacă poţi crede aşa ceva! a adăugat Lisa Shahn.

Anna a lăsat capul jos, a schiţat un zâmbet mai mult pentru ea, zâmbetul i-a dispărut, a strâns din buze şi a clătinat din cap.

Nu, a zis Lisa Shahn întorcându-se spre geam, nu, nici eu nu cred. În fine, neamul Mathinnei a dat foc câmpiilor şi a ţinut în viaţă mozaicul de câmpii şi păduri, micii papagali au mâncat seminţele şi gâzele de pe câmpiile umede şi astfel Mathinna ar fi trăit printre mii şi mii de papagali cu burta portocalie. Însă când aborigenii au pierdut războiul, iar cei câţiva supravieţuitori au fost duşi de acolo, n-a mai dat nimeni foc ierburilor uscate, pădurile au avansat, câmpiile au început să dispară și, odată cu ele, semințele și gâzele, moment în care păsările au început să dispară, încet, și ele. Dar până la urmă nimic nu *dispare* cu adevărat. Nu crezi? Masacrarea neamului Mathinnei, câmpiile, semințele și gâzele. Frumusețea. Păsările. Mathinna trebuie să se fi gândit mult la asta, a adăugat Lisa Shahn. Sau altcineva.

Familia bunicii ei fusese arestată la Vilnius, în august 1942, când poliția lituaniană dăduse buzna în casa în care ascundea. Erau atât de mulți evrei în Vilnius, încât lumea îi spunea Ierusalimul nordului. Au dispărut și ei.

Bunica ei, copilă fiind, supraviețuise din mila unui polițist care o văzuse cum se ascundea sub pat. Polițistul s-a întors și a părăsit camera. Dar ceilalți membri ai familiei au fost arestați. Bunica Lisei nu i-a mai văzut niciodată. În noaptea aceea a venit o măicuță, poate la îndemnul polițistului, poate așa a fost să fie, n-a aflat de ce, măicuța a ascuns-o într-o mănăstire unde a rămas până în 1956, când a venit la Melbourne.

Anna a întrebat cum a putut polițistul lituanian să facă așa ceva și totodată să participe la uciderea altora.

Lisa Shahn a comandat încă un rând de gin tonic, pentru amândouă. Poate că bunica mea a fost un fel de Mathinna, a răspuns.

Cu bețișorul din plastic a amestecat ginul cu apa tonică și cuburile de gheață, a sorbit un pic, a mai învârtit cuburile de gheață, tot timpul privind în pahar.

7

Ştiai că, a întrebat ea tot învârtind cuburile de gheață, au fost cât pe ce să înființeze o nouă Palestină, un Ierusalim al sudului, în Port Davey la sfârşitul anilor '30? Guvernul Tasmaniei voia să dea oraşul evreilor, ca şi sud-vestul insulei, să se stabilească acolo. O nebunie, nu? În fine, a zis Lisa Shahn mai luând o gură de gin. Octombrie este cea mai tristă dintre toate lunile. Aşa cred eu. Când păsările se întorc din migrația lor anuală. Sau nu se întorc. În fiecare an se întorc tot mai puține. Iar puținele care reuşesc să se întoarcă încep să moară. Sau, şi mai rău, puținele ouă din care ies puii... când mor puii e cel mai rău. Cel puțin pentru mine.

Facem tot ce se poate ca să-i ținem în viață, dar puii continuă să moară. Mor pe capete, şi, în fiecare an când mă întorc, găsesc tot mai puțini, atât de puțini, încât, prin comparație, momentul în care am demarat programul, în plină criză cum credeam atunci, era un paradis.

Cercetătoarea se gândea uneori că păsările mureau de silă, că-şi doreau moartea fiindcă se săturaseră de lumea asta, de aşa-zisele eforturi ale salvatorilor umani de a le salva. Fiindcă lumea era împotriva lor.

Atunci, nu s-a putut abține Anna, de ce mai încerci să le salvezi?

Lisa Shahn a răspuns că poate acesta era felul ei de a-şi exprima sila față de o lume căreia nu-i păsa de nimeni şi de nimic. Sau poate că era ca polițistul lituanian, încă un ucigaș în masă pe care-l mustră conștiința. Poate că păsările erau Mathinnele ei.

Apoi i-a spus Annei că numele ei de familie, Shahn, venea din cuvântul idiș *sheyn*, care înseamnă „frumos". Cum, mică fiind, credea că familia ei fusese ucisă fiindcă era frumoasă. Când a crescut, ideea i s-a părut absurdă. Acum însă se întreba dacă nu cumva era un grăunte de adevăr acolo. Primii exploratori albi spuneau despre taberele aborigenilor din pădurea tropicală și crângurile de arbori de ceai din jurul orașului Port Davey că sunt frumoase – *de parcă ar fi fost aranjate cu un ochi estetic.* Nu *erau.* Nu. *De parcă.* Lisei Shahn i se părea amuzant.

Cu cât se gândea mai mult, cu atât devenea mai convinsă că oamenii nu pot face asta. Nu pot trăi cu frumusețea. Că nu pot suporta frumusețea. Că ceea ce dispare nu sunt păsările, peștii, animalele și plantele, ci dragostea. Poate că tocmai asta încerca ea să oprească, dispariția dragostei, înainte de a fi prea târziu. Simțea câteodată că dragostea secase precum albia unui râu în timpul secetei.

Dragostea, a murmurat ea, ca și cum ar fi încercat să răstoarne cuvântul ca pe o piatră din acea albie ca să găsească ceva dedesubt. *Dragostea.*

Dar, și-a spus Anna privind-o pe Lisa Shahn, acolo nu era nimic.

8

Apoi Anna i-a povestit vecinei sale despre bunicul ei, cum în fiecare dimineață cădea în genunchi și îi mulțumea lui Dumnezeu pentru toată frumusețea din această lume, despre mama ei muribundă pe care nu voiau să o lase să moară, cum hotărârea lor părea corectă, dar nu era, și, pe neașteptate, s-a trezit mărturisindu-i teama care o chinuia, teama că nu-și trăise viața cu adevărat. Că va veni o zi când va muri, dar nu se va speria de moarte. Se va speria, i-a spus ea Lisei Shahn, la cincisprezece mii de metri deasupra Strâmtorii Bass, că nu și-a trăit viața cu adevărat. Trebuie s-o ia de la capăt, *să trăiască*, dar celor bătrâni nu le este dat s-o ia de la capăt.

9

Mai târziu Anna a adormit. Și a visat că deschidea o fereastră și se lăsa să cadă și, în cădere, îi creșteau aripi verzi, frumoase, precum aripile papagalului cu burta portocalie, și, când să ajungă pe pământ, aripile au luat forma unui acoperiș. În clipa aceea s-a trezit brusc, tocmai când avionul atingea pista de aterizare pe aeroportul din Sydney. A încercat să se echilibreze ridicând un braț, o situație cu atât mai jenantă cu cât dincolo de încheietură nu mai vedea nimic. Mâna stângă, întreagă, a constatat ea îngrozită, îi dispăruse.

Amputată, i-a explicat ea veselă Lisei Shahn, încercând să-și ascundă emoțiile contradictorii care o copleșeau.

Știu că pare deplasat, a zis Lisa Shahn, dar am tot timpul nevoie de voluntari la Port Davey ca să numere câți papagali sosesc în fiecare primăvară.

Apoi a căutat în rucsac, a scos o carte de vizită îndoită și i-a întins-o Annei. Sună-mă dacă vrei să schimbi aerul. Mai ales persoanele care au suferit o amputare sunt bine-venite... nu-ți trebuie multe degete.

De îndată ce a auzit semnalul că-și poate desface centura de siguranță, Anna a sărit de pe scaun și a luat-o la fugă pe culoar pentru ca Lisa Shahn să nu-i vadă reacția – care era teroare pură. Căci, în afară de Meg, Lisa Shahn era singura persoană care observase ce anume dispăruse.

10

Privind pe geamul taxiului la traficul nocturn din Sydney, în timp ce se îndrepta spre casă, Anna a început să se gândească la o nouă formă pentru acoperișul clădirii pe care o proiecta. Bazată pe aripile care îi crescuseră în vis. Această structură aeriană, simțea ea, avea să elibereze clădirea, *să o facă una cu natura*, cum sperase de la început. Da, acestea erau exact cuvintele pe care urma să le folosească în prezentarea făcută clienților. Ajunsă acasă, s-a repezit în birou ca să vizualizeze ideea pe computer.

Biroul era însă gol, iar computerul – un Macintosh de ultimă generație, capabil să lucreze cu programul CAD – dispăruse.

A căutat prin casă. Nici un semn că i-ar fi călcat hoții. Știa că numai Gus ar fi putut fura computerul, dar refuza să știe – adică să accepte această idee ca parte din realitatea ei, ca factor din viața ei și în relația ei cu Gus.

N-a chemat poliția. Refuza să-i lase pe alții să-l acuze pe Gus de a-și fi jefuit propria mamă. Credea fără doar și poate că el îi furase computerul și, dacă accepta ceea ce refuza ca alții să spună, atunci trebuia să accepte că Gus o mințea – el, propriul ei fiu, o mințea pe ea, mama lui.

Era insuportabil. Fiul ei avea problemele lui, însă Anna refuza să creadă că ar fi putut să o mintă.

Și totuși, în sufletul ei știa că a mințit-o, că o minte în continuare și că din acel moment minciunile lui vor face parte din dragostea pe care și-o poartă. Și că îi va minți pe alții despre el, va minți ca să fie de acord cu el, va minți pentru el, va minți poate pentru amândoi; va minți și iar va minți exprimându-și uluiala în fața ciudatei dispariții a computerului, și în acest mod bizar, ocolit, îi va oferi fiului ei singura consolare pe care Gus ar putea să o cunoască: că și mama lui minte, că mama lui minte cu el și pentru el, pentru ca el să nu se simtă mai rău decât se simte deja. Și, la urma urmei, își spunea Anna, cu ce era mai presus asta decât minciuna prin care ea și fratele ei făceau din mama lor prizoniera propriei ființe?

Numai că Anna nu era sigură dacă Gus avea remușcări în privința minciunilor lui. Încă nu-i era clar. Oare viața lui, limitată și limitativă, izolată și izolatoare, această viață era singura pe care lumea le-o oferea tinerilor, sau Gus era doar leneș? Dedat plăcerilor? Un parazit?

Și-a amintit de Horrie, cum stătea în fața ușii deschise de la garaj, cu spatele la ce atârna înăuntru. Fumul unsuros al frunzelor de toamnă pe care le strângea cu grebla și cărora le dădea foc, înainte să-l găsească pe Ronnie spânzurat în șopron, se zvârcolea în jurul lui, apăsat de aerul rece, liniștit al iernii. Anna și-a amintit cum tatăl ei tremura – numai atât – în timp ce se adunau mașinile de poliție, ambulanța, vecinii și preotul, și în acel vârtej Horrie stătea tremurând din toate încheieturile, ca și cum tatăl ei ar fi început deja să dispară. Anna nu avea nici un răspuns, chiar dacă știa că alții aveau destule. Ea însă nu avea nici unul, fapt care îi confirma ceea ce bănuise dintotdeauna: fusese vina ei.

11

Anna și-a făcut un joint apelând la aparatul de răsucit țigări – o chestie mai puțin complicată decât dacă s-ar fi folosit de o singură mână – și l-a aprins ca să reziste în seara aceea, iar a doua zi dimineață a mai aprins unul ca să reziste de-a lungul zilei. Reluase acest obicei din tinerețe încercând să se convingă că o ajută. Îi alunga durerea din degete, din cele rămase. La drept vorbind, îi spusese ea lui Meg, când aceasta obiectase împotriva mirosului, îi alunga orice durere. Și-a trecut mâna rămasă peste față ca și cum ar fi alungat o muscă. Spre surprinderea ei, bărbia încă nu-i dispăruse. Nici nasul! Nici gura!

A răsuflat adânc, uşurată.

Puţin mai târziu, uşor ameţită, Anna a căzut în timp ce se îndrepta spre o cafenea Darlinghurst, unde avea întâlnire cu o prietenă. A alunecat pe bordură. Piciorul i s-a răsucit, iar ea s-a prăbuşit pe trotuar. A încercat să se sprijine într-un braţ, dar îi dispăruseră şi puterea, şi mobilitatea, şi viteza necesară de reacţie. A căzut ca un lucru deja mort.

Şi-a rupt glezna în două locuri, antebraţul într-unul, mai mult de-atât, a simţit cum îi creşte îngrijorarea nu doar fiindcă nimeni de la spital nu-i remarcase părţile lipsă din corp, ci şi fiindcă în viaţă se conducea după anumite reguli. Una era să nu se îmbolnăvească. Alta, să nu capituleze în faţa bătrâneţii.

S-a întâmplat, şi-a spus, pentru că s-a întâmplat. Nu a zis nimănui că fumase marijuana. De ruşine? Da, de ruşine. Dar nu fiindcă era ameţită din cauza drogului. Ţigara nu explica felul în care se prăbuşise la pământ, slăbiciunea oaselor, descoperirea şocantă a fragilităţii când a vrut să se ridice şi nu a putut. Nu, nu. De ruşine că tocmai aflase că e bătrână.

12

Semnele, s-a gândit, apăruseră de ceva vreme. Vârsta ei era deja confirmată, ocazional, de necunoscuţi care îşi ofereau puţinele servicii rezervate bătrânilor: braţul întins, locul lăsat liber, vocile şoptite pe care

Anna le considera insinuante și răuvoitoare. Pentru ea fiecare gest de acest fel era o nouă insultă. Erai bătrân în clipa în care acceptai brațul sau locul liber. Cel puțin așa se mințea ea.

În același timp, devenea conștientă că vioiciunea specifică tinereții - veselia, nonșalanța - nu-i mai aparținea.

La naiba cu tinerii, a bombănit.

Bătrânilor le aparține doar proprietatea, își dădea ea seama, despre care descoperă prea târziu că nu valorează nimic. Pe de altă parte, tinerii au totul: viitorul, în primul rând, carnea, atât a lor, cât și a altora, în al doilea rând. Pielea. Părul. Apoi speranța, dragostea, credința, ambiția, dorința, uimirea.

Anna amețea doar gândindu-se la lucrurile pe care nu le va mai putea avea niciodată.

La naiba cu toate, a zis aprinzându-și o nouă țigară și pregătindu-se să tragă adânc din ea.

13

Ceva descreștea în ea însă, ca un reflux, și parcă nu mai avea importanță. În oglinda din baie de-abia recunoștea silueta goală, slabă, ușor adusă de spate, femeia tristă, cu pielea flască, căreia îi lipseau un deget, un genunchi, un sân și o mână. Ar fi tragic, dacă n-ar fi atât de comic, și-a spus. Nu mai simțea lucrurile de care voise atât de mult să scape: dorințele sexuale neașteptate, angoasele pe măsură, geloziile deplorabile. O lume interioară se micșora, locul ei fiind luat de nepăsare – pierderile și pierderea, încet-încet, încetinirea. Fusese o femeie bună, o femeie servilă, o femeie rea, o femeie furioasă, o femeie autoritară, o femeie pasională.

Iar acum era doar o femeie înspăimântată.

Se mândrise cu corpul ei – condiția fizică, statutul de dansatoare neîntrecută, felul în care arăta la peste cincizeci de ani în fuste mulate, bluze fără mâneci, pantofi cu toc înalt. Îi plăcea să-și etaleze picioarele frumoase, să-și pună în valoare nurii, forța de seducție. Crescând într-o vreme în care femeilor li se spunea că puterea e totul, crezuse în putere. Puterea reprimată, puterea eliberată, puterea dezlănțuită erau Sfântul Graal pentru ea ca femeie. Acum însă credea altfel: puterea e o minciună. Puterea e o capcană. Puterea e o iluzie.

La naiba cu puterea.

S-a gândit la părul negru al Lisei Shahn, lăsat în voia lui. S-a gândit la Zoe, cu zece ani mai mică decât ea, care supraviețuise unui cancer la sân ca să fie călcată de o mașină după ce medicii îi spuseseră că sigur avea să depășească șansa clasică de supraviețuire de cinci ani. O iubise pe Zoe. Ce avea de spus puterea în cazul ei?

Ultima oară când cunoscuse extazul, minunea, fusese lângă trupul lui Zoe; acolo, doar *acolo*, în unduirile lui, lipit de el, în abandonul lui total, în generozitatea lui – atingeri, mângâieri, sunete și mirosuri – totul pentru ca și Anna să simtă același lucru. Niciodată nu avea să uite cum era să fii în brațele lui Zoe, dulceața incomparabilă a nopților petrecute împreună.

Toate aceste gânduri o făceau să se simtă bătrână și imorală. Dorințele, poftele ei nu mai erau decât un dulap cu obiecte rare pe care-l deschidea doar când și când. Îi venea să zâmbească, uneori chiar să râdă. Asta am fost eu, spunea. Asta am fost eu!

Ca răspuns la un emoji a postat și ea unul.

Haha, a replicat o prietenă.

Hahaha, a scris Anna.

Prietena a adăugat o inimă la text.

Banii nu sunt nici aici, nici acolo, a scris Anna. Sunt în Elveția.

14

Nu a făcut nici un comentariu despre furturile care continuau, dar, în cele din urmă, a simțit că trebuia să-l ia la rost din nou pe Gus pentru lenea lui, pentru plăcerea de a trăi ca un parazit, atitudine pe care Anna ajunsese să o vadă ca pe un refuz de a lua viața în piept. Dacă era să fie absolut sinceră, semnele apăruseră de câțiva ani. Gus fusese un copil fericit, un adolescent vioi, chiar dacă enervant uneori și chiar insuportabil. Dar, odată cu maturizarea – sau de ce aveau parte tinerii din ziua de azi: probleme, derută, teamă, confuzie, frustrare, nebunie, anxietate –, în loc să iuțească pasul, Gus părea, inexplicabil, că-l încetinește.

Petrecea tot mai mult timp în camera lui, se neglija, uita să se pieptene, să se spele, părând că nu-l mai interesează cum arată, iar singurii prieteni cu care vorbea erau cei pe care-i întâlnea online şi cu care încingea câte un joc. Naiba ştie ce hram purtau - de-alde Anders Breivik[1], prinşi între elaborarea unui manifest naţionalist care proclama supremaţia albilor şi organizarea unui masacru? Deţinuţi dintr-un gulag chinezesc forţaţi să joace după zile întregi petrecute în mină ca să câştige credite pentru temnicerii lor în World of Warcraft[2]? - nu, era prea de tot, şi mult timp Anna a ignorat acest lucru, a ignorat totul, amăgindu-se că nu Gus avea probleme, ci ea - aşteptări neîmplinite, ambiţii false, speranţe nerealiste.

În unele zile Anna era aproape convinsă că totul era bine. Putea ignora furturile şi dispariţiile fiului ei la fel cum şi el părea că ignoră ceea ce-i dispărea ei. În unele zile Gus chiar vorbea cu ea atât de frumos, uneori intra în bucătărie unde o surprindea cu un gest de bunăvoinţă - îi oferea o cană cu ceai, de exemplu, sau golea spălătorul de vase din proprie iniţiativă sau o ajuta să pregătească cina.

După o săptămână fără nici o astfel de zi şi după multe frământări, Anna şi-a luat inima în dinţi şi l-a întrebat pe Gus despre computerul ei.

Gus a minţit, nu ştia nimic, iar Anna şi-a dat seama că minţea, minţea teribil de neconvingător. L-a întrebat dacă avea nevoie de bani, nu trebuia decât să ceară,

---

1 Terorist norvegian, autor al atacurilor din 2011 în cursul cărora a ucis 77 de persoane (n.tr.)

2 Joc online (n.tr.)

Gus însă nu cerea bani niciodată. Doar fura, iar ea doar mințea.

15

Gus îi provoca o derută supărătoare și, odată cu ea, o teamă ciudată, ca și cum atunci când era cu el lumea ei nu era reală, în timp ce lumea lui – și, odată cu ea, refuzul lui de a recunoaște, furturile lui ostentative – era.

Pe când îl privea gândindu-se ce chipeș era băiatul ei, ce deștept, confuzia creștea și mai mult – de ce, cu toate avantajele pe care i le dăduse, Gus nu reușea să facă nimic bun? Anna pur și simplu nu înțelegea. Doar îi cerea – fără vreun rezultat vizibil – să se spele, să umble îngrijit, să trăiască între aceleași limite ca și ea, în același proiect bine structurat pe care îl desenase și îl numise *familie*.

Dar Gus nu voia și pace.

Cu toată parada lui de slăbiciune și neputință, avea în el atâta putere și hotărâre, încât Anna se recunoștea învinsă de fiecare dată. Furturile lui tot mai insolente erau loviturile finale date imaginii pe care Anna încercase să o construiască pentru ei, ca familie. Se ura și pe sine, îl ura și pe el când privea astfel lucrurile, faptul că-și dorea să-l vadă plecat pentru totdeauna din viața ei, știind însă că erau legați fără speranță unul de celălalt, faptul că eșecul lui era al ei, o pedeapsă, dar unde greșise ea?

„Dragoste“ i se părea un cuvânt sărac, sentimental, pentru ceea ce-i ținea împreună. Un cuvânt stupid. Un cuvânt răsuflat pentru ceva ce-i pricinuia atâta suferință. Aproape ca și cum i-ar fi legat aceeași rană teribilă, o nenorocire care îi afecta pe amândoi dincolo de orice cuvânt și, din când în când, o făcea să geamă, ca după o lovitură extrem de dureroasă. De-atâtea ori spusese povestea despre fiul ei arătos, inteligent, acum însă, judecându-și fiul la rece, povestea ei era: de necrezut, neadevărată; plină de idioțenii.

Adevărul lui Gus era necunoscut, dar dovezile – dând în vileag un hoț leneș și mincinos – sugerau o altă poveste. În tinerețe poate că ar fi încercat să explice totul din perspectiva puterii; o poveste care încerca să prevaleze asupra alteia, mai precis abandonul lui în fața eșecului căuta să dovedească găunoșenia ambiției și succesului ei.

Acum însă se întreba dacă nu cumva era vorba de ceva mai profund: un eșec al imaginației sale. Se gândea la nasul lui Gus, la degetul ei, la genunchiul, sânul și mâna ei, despre care niciodată nu și-ar fi imaginat că pot să dispară. Și totuși dispăruseră și fuseseră, înțelegea acum, predestinate să dispară. Oare toate eșecurile ei erau același eșec?

Își dorise prestigiul unei femei de calitate, a unei mame de succes – drept mărturie fiul ei de succes sau măcar normal. Într-un fel avusese planuri mari pentru Gus, însă acesta nu se ridicase la înălțimea așteptărilor: viața lui era precum ruinele acelor clădiri rămase pe jumătate, bombastice, pe care le văzuse în Bucureşti, stranii evocări ale viselor abandonate ale dictatorilor morţi. Gus: teoria ruinelor ca fiu ratat.

16

Anna s-a hotărât să-i întindă o cursă umilitoare spunându-i că, dacă avea nevoie de bani peşin, să-i spună, că ţinea o puşculiţă acasă, în caz de forţă majoră – vechea cutie muzicală din bibliotecă. Pe lângă banii pe care-i ţinea în sertarul din bucătărie pentru cheltuielile zilnice, din care Gus furase regulat în ultimele luni, acum a scos două mii de dolari de la bancă şi i-a lăsat în cutia muzicală.

Câteva zile nu s-a întâmplat nimic.

Anna nu era sigură de ce se complica atât de mult. Voia să ştie fără nici un dubiu, să aibă confirmarea finală. Lua bani din cutia muzicală şi îi punea la loc doar ca să pară că sumele variau. În realitate nu folosea nici un ban de acolo şi, cum era de aşteptat, după o lună a văzut că lipseau cinci sute de dolari. A scos cinci sute de dolari de la bancă şi i-a pus în cutia muzicală şi, nu peste mult timp, ciudata şaradă a reînceput: ea lua şi punea banii la loc, el fura, iar ea completa cu suma furată.

Avea inima frântă. Capcana era menită să-l umilească pe el, numai că ea era cea umilită. Oricum ar fi dat-o, era de datoria ei să-şi ajute băiatul. Gus avea douăzeci şi şase de ani, era derutat, fără serviciu, bani, perspective, părea că nici fetele nu-l mai interesau, ultima lui prietenă fiind o poveste veche de câţiva ani. Nu mai era sigur cărui sex îi aparţinea, nu era homosexual, nu era schilod, nu era un rohingya[1] dintr-o tabără de refugiaţi, nu era o femeie din Arabia Saudită, nici un nord-coreean sau o nord-coreeană. Spunea că suferă de anxietate. Ce însemna asta? Părea rătăcit, trăia într-un fel de lume crepusculară a conspiraţiilor şi forţelor întunecate; credea că există o forţă ce ducea la o mare dispariţie. Era sigur de asta; chiar dacă-l înspăimânta, era singurul subiect care părea să-l pasioneze.

În unele zile Anna se aventura în camera lui întunecoasă, îmbâcsită, şi îi vedea doar spatele, capul cu căştile la urechi în contrast cu ecranul luminos al laptopului pe care săreau de colo colo luptători ninja, cădeau seceraţi de gloanţe zeci de militari, explodau bombe, o lume percepută prin ţeava unei puşti, prin cătarea ei, în timp ce reticulul mobil al lunetei surprindea o altă siluetă - jihadist, trol, căpcăun, soldat, partizan, cyborg - în timp ce silueta centrală era condamnată să fugă, să sară în lungime sau în înălţime, să tragă, totul văzut prin ochii unui ucigaş distrugător de oameni şi obiecte, tot ce avea în raza lui vizuală dispărând cu ajutorul mâinii lui cu abilităţi digitale care le transforma în mingi de foc şi explozii.

Gus dispărea în tot acel timp, fapt de care Anna a devenit conştientă de-abia în dimineaţa în care a bătut

---

[1] Membru al grupului etnic cu acelaşi nume care trăieşte în Myanmar (n.tr.)

din nou la uşa lui şi a intrat în camera aceea cumplită, cu mirosul greu de ţap tânăr, cu dezordinea din jur, cu întunecimea ei înspăimântătoare. Era hotărâtă să-i spună totul în faţă, o dată pentru totdeauna, despre bani, despre furturi, despre computerul ei, despre viaţa lui. L-a chemat şi, când Gus s-a întors din faţa ecranului luminos al laptopului, a văzut că-i dispăruseră un ochi şi ambele urechi. Rămăseseră doar gura şi un ochi care, ocupând acum mijlocul feţei, o privea trist, dezolat. Când a auzit telefonul din bucătărie, Anna a părăsit camera în fugă şi nu a spus nimănui.

NOUĂ

1

Auzea la telefon cum limba lui se blocase, ca o castanietă, pe litera *t*. Aşadar, contrar aşteptărilor, se *întâmplase*, şi-a spus Anna. Şi a închis.

2

Avea nevoie de un răgaz în care să nu gândească să nu simtă, drept care a intrat pe Instagram să vadă ştirile. Un nor uriaş, piro-cumulonimbus, se înălţase şapte kilometri deasupra unui incendiu înainte să se prăbuşească într-o tornadă de foc care a răsturnat o maşină de pompieri de opt tone şi a omorât un pompier a sunat telefonul, Meg în lacrimi, fratele ei îi telefonase, oraşul lui din Munţii Albaştri era asaltat de cenuşa fierbinte, locuitorii se pregăteau să fugă de acolo, copiii lui stăteau în baie, la răcoare, îngroziţi că nu mai au un viitor. Fratele ei nu mai ştia ce să le spună, era tatăl lor şi nu le putea spune că mai au un viitor fiindcă nici el nu ştia. Nu ştia şi gândul că nu ştia era insuportabil.

Meg vorbea, Anna se uita la o fetiţă de nici măcar doi ani, singură, îmbrăcată într-o rochiţă de vară, albă, fără mâneci, cu dungi bleu, într-o mână cu o jumătate de fursec, cu cealaltă pe sicriul tatălui ei – un pompier mort în incendiu – de parcă s-ar fi agăţat de haina tatălui ei, de parcă tatăl ei ar fi fost viu și ar fi putut să o apere. Meg spune la revedere o fetiță ține în mână un fursec un politician spune că atunci când vine vorba de schimbări climatice nu se poate baza pe probe un politician spune că atunci când vine vorba de schimbări climatice decizia aparține unei autorități superioare un politician se relaxează *un politician! un politician! un politician!* un pompier îi trimite mamei sale un mesaj de Anul Nou: *Te iubesc. Foc din toate părțile. Mașina noastră e în flăcări.*

3

Meg? a zis Anna într-un târziu – dar Meg închisese. L-a sunat pe Tommy și a făcut ceea ce nu făcea niciodată: și-a întrerupt fratele din bâlbâit.

Săraca mamă, s-a auzit Anna spunând peste Tommy.

Și la asta Tommy și-a dat drumul.

Nu mama, i-a zis el scurt. *Terzo.*

Terzo a ieșit la o plimbare cu bicicleta dis-de-dimineață. La o intersecție l-a lovit un camion care l-a târât pe șosea, cu bicicletă cu tot, o sută de metri, a continuat Tommy. Poliția crede că a murit în momentul impactului.

4

A doua zi, după un zbor de urgență în Tasmania, Anna și Tommy s-au dus la spital ca să o anunțe pe Francie. Mânați de Terzo, îi refuzaseră moartea pentru ca acum moartea să-l ia pe Terzo. *Banii nu sunt nici aici, nici acolo. Sunt în Elveția.* Privind-o pe Francie în ziua aceea, Anna și-a dat seama că mama lor nu era acolo. Dar *unde* era Francie nimeni nu putea spune cu exactitate. La Zürich? La Marrakesh? Pe Marte?

Forța voinței lor, cuplată cu tehnologia formidabilă pe care voința o putea chema în ajutor, se dovedise prea mult pentru organele slăbite ale mamei lor, îi copleșise plămânii înecați în apă și inima epuizată. Bunătatea lor înspăimântătoare se multiplicase în rețele de tuburi ca niște instrumente de tortură – aparatul de dializă, de alimentare, intubația cu oxigen, tuburile și stativele pentru perfuzii, împodobite cu pungi pline de lichide vitale, opioidele, antibioticele, suplimentele care o legau pe Francie de durere. Mașinăriile care vibrau, ticăiau, care scoteau sunete de avertizare țineau socoteala unor lucruri care nu erau viață și refuzau moartea sărmanului animal de dedesubt, ce nu putea scăpa de jugul lor mult prea greu. Totul din dragoste – ura nu poate fi la fel de nemiloasă – o dragoste care doar crescuse și iar crescuse, până o adusese aici: în cea mai înspăimântătoare dintre singurătățile suferinței.

Cum de o pierduseră, dar încă o mai aveau? s-a întrebat Anna. Ce rămânea?

Ceremonie, obligație, datorie, a răspuns tot ea. Omagiu unei idei. Și totuși, orice gest pe care Anna îl făcea acum pentru mama ei nu mai avea nici o legătură cu omenia, cu altruismul. Groaza pe care o simţea în acel moment era de nedescris.

Asta voiseră ea şi Terzo?

Anna nu ştia. Ştia doar că aşa Francie va primi vestea mai uşor, fiindcă era puţin probabil să însemne ceva pentru ea, şi mai greu, fiindcă era puţin probabil să însemne ceva pentru ea.

5

Anna a omis detaliile care o obsedau. Fumul straniu din care ceilalţi ciclişti fuseseră martorii tragediei. Camionul care îl târâse pe Terzo, împreună cu bicicleta. Corpul lui mutilat. Capul strivit, aflase Tommy, ca un ou. Anna i-a spus mamei că la înmormântare va veni multă lume, fiindcă Terzo a fost un om atât de respectat.

Francie i-a strâns încheietura mâinii cu o ferocitate ciudată, de parcă ar fi vrut să transfere sau să transmită ceva sau să-şi comunice propria durere sau poate să o rănească pe fiica ei. Greu de spus ce însemna această forţă neaşteptată, gândea Anna, sau dacă însemna ceva. Cine putea şti? A fost o clipă, doar o clipă, apoi mâna bătrână a căzut pe cearşaf.

6

Deşi pe Terzo nu îl interesaseră sporturile nautice, cu atât mai puţin marea, funeraliile, organizate de asociatul lui de care se despărţise recent, au avut loc într-o sală cu tavanul jos, împodobită cu steaguri nautice, dintr-un club de iahting din Melbourne. O ceremonie apatică, la care au participat nu mai mult de patruzeci de persoane, venite în silă. Un coleg de afaceri a rostit câteva cuvinte; un fost amic din școală, care a spus că pierduse legătura cu Terzo *în ultimele decenii*, a vorbit prea mult, în compensație parcă. Colegul de afaceri a făcut o glumă pe seama poreclei lui Terzo, Regele Soare. În spatele lui, ca două urechi de iepure, două steaguri alb-albastre. Amândoi au zis că Terzo se pricepea la afaceri și că era înnebunit după ciclism. Amândoi au zis că moartea lui a fost tragică.

Nu sunt sigură, i-a spus Anna lui Tommy după slujbă. N-a fost o moarte rapidă? Poate viața lui a fost tragică, nu? Tot timpul liber pe bicicletă ...

Tommy părea că nu aude. A început să spună cât de mult ținea Terzo la Ronnie. Era de părere că toată viața Terzo încercase să-l impresioneze pe fratele lui mai mare, mort.

Anna a zis că era o prostie, vorbea aiurea, Ronnie murise cu atâta vreme în urmă, bineînțeles, bineînțeles că îi afectase pe toți...

Terzo știa, a spus Tommy, ridicând brusc capul, bărbia începând să-i tremure, despre *p-p-p-p*...

Anna l-a privit lung.

Două cuvinte i s-au rostogolit de pe buze, poticnit, din întuneric în lumină. Părintele Michael, a spus Tommy. La școală.

Fraţii ei mereu vorbeau despre abuzurile de la şcoala-internat ca despre ceva ce li se întâmplase altora. Ceva ce nu se întâmplase familiei lor. Anna a înghiţit în sec ca să scape de gustul de gudron al fumului care se simţea în încăpere.

Nu e *ce-ce-*ceea ce crezi tu, Anna. Trebuia să le faci pe plac preoţilor. Asta era situaţia. Ronnie a trebuit să-i facă pe plac părintelui Michael. Chiar şi după ce părintele Michael i-a spus lui Ronnie că era îndrăgostit de el.

7

Anna nu ştiuse.

Anna ştia dintotdeauna.

8

Poate că nu-i nimic de ştiut, a continuat Tommy. Ronnie nu putea spune. Nu avea nici o dovadă. Privea totul ca pe o glumă.

Anna a spus că trebuie să-i fi fost foarte greu lui Ronnie să afle aşa ceva de la un preot când el avea doar paisprezece ani.

Ronnie nu-l iubea pe părintele Michael, a replicat Tommy.

Anna l-a privit de parcă acum îl vedea pentru prima oară. Nu, a zis ea.

Ronnie nu știa nici măcar dacă-i place de părintele Michael. Chiar făcea glume pe seama lui. Mick[1] La-Sculă. Dar îi era milă de el. Așa mi-a spus Ronnie. Îl căina. De asta îi și venea atât de greu.

Anna a dat să zică ceva, dar Tommy, lucru rar, i-a luat-o înainte.

Cum a fost, a spus el, și cum n-a fost.

Anna l-a întrebat dacă din cauza asta Ronnie...

Tommy a răspuns că nu știa. Poate da. Poate nu. Probabil. Francie îi spusese că Ronnie lăsase un bilet. Horrie îl găsise și-l arsese în aceeași zi cu frunzele din grădină, fără să-i dezvăluie lui Francie ce scria în el. Pe urmă nu și-a mai amintit. Așa că cine mai putea să spună?

Dar, înainte de toată povestea asta, părintele Michael fusese atras de Terzo. Poate că nu-l mai interesa Ronnie. Poate se plictisise. Și atunci s-a dat la frățiorul lui. Ronnie îl învățase pe Terzo cum să se ferească de preoți, pe care să-i evite, Ronnie avea grijă de Terzo, îl proteja. Se asigura să nu i se întâmple nimic. Iar după... mda, Terzo a devenit, mda, Terzo.

Tommy își amintea doar că nu suportase prezența părintelui Michael, venit să țină slujba pentru Ronnie. A stat tot timpul afară. Era doar un copil, iar după aceea a fost copilul ciudat, *T-t-t-tommy*. Asta e. Oamenii spuneau orice în zilele acelea, nu toți supraviețuitorii spuneau adevărul, exagerau, nu toți preoții mint, cine mai crede în preoți acum? Cândva nu

---

1 Diminutiv de la Michael (n.tr.)

puteau face nici un rău, acum nu pot face nici un bine. Era uşor să acuzi, dar avea vreo dovadă palpabilă? Nu, nu avea nici o dovadă.

Brusc, Anna a simţit nevoia să-l întrebe pe Tommy atât de multe lucruri, întrebările evidente pentru ea.

Vrei să-ţi protejezi fratele, a zis Tommy, dar nu *p-p-p...*

În timp ce Tommy se bâlbâia, un şir întreg de tristeţi inexprimabile îi apărea în faţă. Atât de multe întrebări îi stăteau pe limbă. Cuvintele însă parcă erau prea grele, cădeau pe podea, nerostite. Un caz simplu ca bună ziua. Poate se temea de răspunsuri, poate ştia răspunsurile, le ştiuse dintotdeauna?

9

Ea, care se socotise mereu inferioară lui Terzo. Ea, care se ferise de insensibilitate imitându-l pe cel despre care credea că e mai sensibil decât ea. Ea, care uneori se răzvrătise împotriva lui Terzo pentru ca în final să fie de acord cu el. Ea, care se luptase cu Terzo, dar îl şi adorase: adoraţia pe care i-o purta era cauza întregii furii pe care i-o provoca, mereu luându-se la întrecere cu Terzo, mereu conştientă până la durere că nu-l va putea întrece vreodată.

Şi acum asta.

Terzo! Terzo! La naiba cu tine, Terzo!

Ce mai conta şcoala-internat, cu ororile de acolo. Ce mai conta că ţinuse pasul cu Terzo şi, în unele privinţe, chiar îl întrecuse. Îl invidia. Succesele ei nu-i atenuau invidia, se ura, îl ura. Ce mai conta moartea lui, ce mai conta că îl ura. În clipa aceea îl ura atât de mult, încât s-a jurat să renunțe la Instagram, unde în trecut se simțise mereu obligată fie să se entuziasmeze la ce făcea Terzo, fie să-i ignore reușitele. Călătoriile, construcțiile, fotografiile în compania unor celebrități minore.

Întrucât Terzo se însurase devreme, Anna se gândise să-i urmeze exemplul măritându-se la vârsta de douăzeci și doi de ani. Interesele de afaceri ale soțului ei, aproape un mister pentru ea, stăpânirea de sine, atât de necesară în societate, darul de a nu spune nimic și de a zâmbi astfel încât ceilalți să se simtă flatați, acestea și alte atribute ale succesului erau doar umbrele aruncate de familia lui bogată. Avea acea inerție care la tineri trece drept senzualitate și frumusețe, iar la bătrâni drept ramolire. Dragostea lui de început era absolut amăgitoare, Anna credea că energia ei e și a lui, că indiferența lui față de acțiune era doar un alt aspect al șarmului său languros. Soțul ei își permitea o indiferență față de bogăție pe care ea nu și-o putea permite, soțul ei se putea poticni în viață fiindcă sub picioarele lui era o podea la multe etaje deasupra tavanului pe care Anna spera să îl spargă și să urce deasupra.

După Gus n-au mai avut copii doar fiindcă îl aveau pe Gus, dar poate că, retrospectiv, Anna știa deja. Uneori se gândea că ar fi trebuit să existe un moment tragic al delimitării între dragoste și pierderea ei: o relație extraconjugală, nașterea unui copil mort, o trădare sau o tragedie. Dar nu fusese nimic din toate astea. Ceva în soțul ei îi respingea dragostea. Afecțiunea ei, respectul, curiozitatea: toate au scăzut până la dispariție, apă în deșertul lui.

Dar ce mai conta, ce mai conta.

Fiecare își vede de treburi după cum îl duce capul. Anna l-a părăsit, iar el și-a dovedit nulitatea fiind de acord cu ea că despărțirea era cea mai bună soluție. Anna voise ca soțul ei să valoreze mai puțin decât ea, așa cum și ea valora mai puțin decât Terzo; după ce repurtase exact această victorie, îl disprețuise că nu valora mai mult.

A fost n-a fost a fost o greșeală – dar asta a fost!

Ce mai conta.

Terzo era mort, și cine era Anna acum?

10

Sprijinită în cârjă, cu laba piciorului umflată, ascunsă într-o cizmă de zăpadă, Anna s-a trezit într-un cerc alcătuit din mai mulți colegi de-a lui Terzo de la firma lui de investiții. Se discuta despre promovări, acum că Terzo nu mai era, dar, la apariția Annei, șontâc-șontâc, cei prezenți au început să schimbe platitudini.

Cât de mult a iubit ciclismul! a exclamat unul. Se scula la cinci în fiecare dimineață, a zis altul, și ieșea pe șosea, așa-mi spunea Regele Soare. Nu-mi venea să cred!

Curând însă discuția a trecut de la Terzo la tradiționalele lamentări ale celor care își joacă șansa pe piețele de capital. Toată lumea a părut să se relaxeze un pic toată lumea era de acord că reglementările financiare excesive birocrația protecția mediului guvernul *trebuie* să stimuleze finanțarea *trebuie* să sprijine crearea de plusvaloare *trebuie* să anuleze unele reglementări *trebuie* să reglementeze scutirile de taxe în domeniul cercetării și al dezvoltării *trebuie* instituite vize rapide pentru inginerii programatori *trebuie* obținut profit maxim din orice *trebuie! trebuie! trebuie!* Și, după ce s-au încălzit și s-au destins, foștii colegi ai lui Terzo au discutat despre tehnologia financiară, tehnologia agricolă, tehnologia educațională, tehnologia juridică, tehnologia reglementării și tehnologia tehnologiei; companiile de tip A, B și D, restricții, rezerve de bani și companiile trecute prin insolvență, până au ajuns din nou la birocrație și protecția mediului ca să o ia de la capăt.

Și, în timp ce Anna stătea acolo și înclina din cap la fiecare t*rebuie* și *tehnologie*, de acord că ceea ce spuneau ei erau chestiuni de maximă importanță, nici nu știa de ce era de acord, fiindcă, la urma urmei, nu era treaba ei și nici măcar nu era sigură că subiectele chiar contau pentru oamenii aceia. Ascultându-i, Annei i se părea că vorbele lor nu erau deloc vorbe, ci niște formule magice menite să-i ferească de fratele ei, un descântec care, murmurat de mai multe ori în cor, îi ajuta să se amăgească în privința lucrurilor care erau cele mai importante pentru ei.

11

În timp ce se apleca spre ei, zâmbind, lăsându-se pe cârjă, a înțeles că nimeni nu îndrăznea să spună că se teme sau să descrie ce anume iubea, nimeni nu putea spune că dintr-odată ceva i se părea frumos, darămite să admită că nu mai știa cum să comunice cu copiii sau părinții sau poate că nu o făcuse niciodată, că se rătăcise sau era singur. Toți preferau să repete banalități, cu voce tare, în speranța că așa vor deveni adevărate. Fără această amăgire, pe care Anna o găsea acum atât de necesară, puteau descoperi că viața lor se baza pe o mare minciună pe care sfârșitul prematur al lui Terzo o putea dezvălui. Ca și cum toți erau conștienți de suferința din care era alcătuită lumea, dar și că erau la fel de hotărâți să rămână impasibili în fața ei. Cum să facă? s-a întrebat Anna. Acesta era misterul: știau, știau și nu făceau nimic. Nu puteau vorbi despre asta și, chiar dacă vorbeau, nu vorbeau despre nimic – sau cel puțin așa i se părea Annei în acea zi la clubul de iahting din Melbourne, la înmormântarea fratelui ei, în timp ce foștii colegi ai lui Terzo perorau înainte – cu umor, cu furie, cu încrederea că ceea ce spuneau chiar conta – despre faptul că legile care reglementau finanțele trebuiau de mult schimbate.

Simțeau că numai ei au dreptate, iar judecata altora era fie prostie, fie răutate crasă, care merita pedepsită exemplar. Poate, gândea Anna, fiecare credea orbește în ideile sale, nimeni nu se îndoia, toți erau absolut siguri; fiecare individ era infailibil fiindcă se agăța de propriul adevăr, prin urmare nu exista nici un adevăr. De parcă fiecare trebuia să-și creadă propria poveste – orice poveste –, iar dacă nu mai credea, trebuia să dea piept cu realitatea.

Și poate că, deloc surprinzător, nici unul nu mai vedea diferența dintre boală și sănătate, dintre ce trăia și ce murea, darămite diferența dintre bine și rău, deși iată-i, convinși că, dacă dădeau glas unei idei, aceasta era adevărată, iar reforma reglementărilor financiare nu mai putea să aștepte. În haosul care urma nu făceau decât să se rănească unii pe alții. Singurul lucru onest pe care îl făceau zi de zi.

12

Un tânăr cu o față atât de lipsită de trăsături, încât Anna a asociat-o imediat cu o cartelă de acces de la hotel s-a apropiat de ea și, prezentându-se drept Justin, partenerul de ciclism al lui Terzo, i-a adresat condoleanțe.

A adăugat că fusese cu Terzo când – *mda*, a făcut el, a fost ciudat. Preț de o clipă a privit în gol, iar Anna a bănuit că din cauza ei, priveliștea jalnică pe care o oferea – pe jumătate schiloadă, cu un singur sân, cu o singură mână – însă, brusc, tânărul a părut că repornește, ca și cum ar fi descoperit informațiile necesare într-un server îndepărtat. A zâmbit și a reînceput să vorbească. Voia să o asigure că ceea ce spuneau cei din jur nu era adevărat, cel puțin din câte știa el, că fusese doar un accident îngrozitor. Unii spuneau că Terzo ar fi intrat dinadins în camionul acela. Absurd! El fusese acolo și nu putea crede așa ceva! În nici un caz Terzo! De ce tocmai Regele Soare să facă așa ceva?

Anna nu se gândea decât la acele degetele subțiri, ciudate, slabe, chinuite, care strângeau și mai tare ghidonul bicicletei.

E adevărat, a continuat Justin, că în clipa în care Terzo a văzut camionul, a lăsat capul jos și a apăsat și mai tare pe pedale. Ar fi putut să frâneze, să ocolească, ar fi putut să sară de pe bicicletă. Justin nu-și dădea seama de ce Terzo nu găsise o soluție. Dar pur și simplu nu găsise. Puteau fi o sută de motive. Fratele ei avea mult curaj. Îi plăcea să se ia la întrecere cu mașinile. Chiar dacă nu ținea cont cât de periculos era, câștiga întotdeauna. Poate calculase greșit viteza camionului din cauza fumului de la incendii.

Ce ciudat, gândea Anna, că degetele fratelui ei erau atât de urâte. Sigur, le avea pe toate, ceea ce era un fel de binecuvântare, și le vedea chiar și acum, cum îl vedea și pe el, aplecat pe ghidon, în timp ce camionul se tot apropia.

N-a fost nici un fel de intenție, spunea Justin, doar un accident. Era absolut sigur. Oamenii interpretau greșit. Îl cunoștea bine pe Terzo. De ce să facă așa ceva? Nu, a fost doar un accident groaznic, voia să o asigure că văzuse totul cu ochii lui, doar atât fusese, o tragedie cruntă, şi că îi părea rău de pierderea suferită. Fratelui ei, ca şi lui, îi plăcea mult să facă ciclism pe şosea. Şi i se părea de datoria lui să asigure familia că Terzo nu se sinucisese.

13

După ce a părăsit ceremonia pretextând că nu se simte bine, Anna s-a îndepărtat de club şchiopătând cât a putut de repede. La un moment dat i s-a părut că vede ceva ciudat la ea, reflectat într-o vitrină, dar nu s-a oprit, a şontâcăit mai departe. Apoi, în vitrina lată a unei patiserii, deasupra unei tăvi cu prăjituri cu zmeură, pudrate precum curtezanele de la Versailles, s-a văzut din nou, şi de data aceasta a rămas în loc. A întors capul în stânga şi în dreapta, de netăgăduit. A mai făcut câţiva paşi, s-a oprit lângă o maşină parcată şi s-a privit mai de aproape în oglinda laterală.

Faţa începuse să i se dizolve, ca într-o halucinaţie înspăimântătoare. Nasul şi un ochi îi dispăruseră, iar ochiul rămas ajunsese în mijlocul frunţii. Şi totuşi oamenii treceau pe lângă ea şi nu spuneau nimic. Dacă se gândea mai bine, nici unul dintre participanţii la înmormântare nu făcuse vreun comentariu despre faţa ei sau despre mâna lipsă. Din politeţe? De frică? Prin minte îi treceau tot felul de întrebări. Se întâmplase în timpul înmormântării, sau înainte? Sau adineauri?

Contrariată, tulburată, s-a urcat într-un tramvai doar ca să se îndepărteze de locul acestei ultime descoperiri. Peste câteva clipe, îngrijorată, s-a întrebat ce vor spune sau cum vor reacționa ceilalți călători. Oare vreun prost-crescut va urla la ea să nu stea lângă el sau, mai rău, oamenii, speriați de fața ei, vor cere să fie dată jos din tramvai, chiar aruncată dacă se împotrivea? Și-a lipit picioarele, a lăsat capul jos și a încercat să ocupe cât mai puțin spațiu până la a crede că era propria-i gaură neagră.

Nimeni n-a spus nimic.

A încercat să evite contactul vizual privind în podea, în sus, afară, spre cer, oriunde, numai la ceilalți călători nu. Dar, fără să vrea, privirea i-o lua razna.

Nimeni nu observa nimic. Nimeni nu ridica ochii. Toți își priveau lung telefoanele. Ca și cum semnalul ar fi fost slab, dar, dacă reușeau să găsească o gaură în cer care să-l întărească, nu mai erau probleme, ca și cum acolo, gata să fie transmis, era răspunsul pe care îl așteptau cu toții.

De atâta vreme căutau, dădeau like-uri, se împrieteneau și comentau, trimiteau emoji și renunțau la prieteni, derulau imagini, crezând că nu fac decât să scrie și să-și rescrie propriile lumi, când, de fapt – senzație după senzație, emoție după emoție, gând după gând, teamă peste teamă, neadevăr peste neadevăr, sentiment după sentiment – ei înșiși erau rescriși, încet, transformați într-un cu totul alt fel de ființă omenească. Cum să știe că erau șterși încă de la început?

Și de-abia atunci a văzut: toate celelalte persoane din tramvai aveau și ele doar un singur ochi.

14

În noaptea aceea a prins ultimul avion spre Sydney şi a ajuns acasă cu un taxi. Când să meargă la culcare, s-a oprit părându-i-se că aude un zgomot din camera lui Gus.

A bătut la uşă. L-a strigat. Nici un răspuns dinăuntru, Gus fiind ca întotdeauna blindat şi izolat de căşti, luminat doar de jocul de pe laptop sau de site-urile reţelelor sociale din care făcea parte, pierdut, cum simţea Anna uneori, de parcă ar fi ajuns pe fundul celui mai adânc dintre oceane.

Şi-a amintit cum Gus, copil fiind, de multe ori i se agăţa de picior. Ce n-ar fi dat Anna acum în schimbul acelor clipe de afecţiune! Dar atunci nu făcea decât să-l respingă, el nu se lăsa, ea îl împingea, dar el se încăpăţâna, ca un copac în faţa unei furtuni teribile. Fusese cel mai dulce băieţel din lume, îşi imagina tot felul de jocuri, se purta frumos cu cei din jur. Însă avea o vulnerabilitate care o înspăimânta pe Anna. Încercase să-l scape de ea. Pentru ca alţii să nu-l rănească, cum i se întâmplase fratelui ei. L-a tot respins până a avut câştig de cauză, până când nu a mai rămas pic de vulnerabilitate, până nu i s-a mai agăţat de picior.

S-a gândit la băiatul care era şi nu era acolo, vizibil dar invizibil, dispărând câte puţin în fiecare zi. S-a gândit la asta, s-a gândit la relativitatea unor cuvinte îndărătnice pe care le repetase cândva, iar şi iar – *dragostedragostedragoste* sau *familiefamiliefamilie* – şi acum nu mai aveau nici un înţeles. Erau ca o reclamă pentru un aliment, dar nu era alimentul în sine, îi spusese ea lui Gus într-o seară, iar Gus replicase: Presupun că da; aşa era Gus, nu-şi bătea capul cu cuvinte sau lucruri, cum făcea ea. Presupun că da, replicase Gus, ea însă nu mai putea *presupune* nimic. Pe de altă parte, nu era drept să spună că lui Gus nu-i păsa de cuvinte. Nu spunea niciodată prostii, nu vorbea dacă nu credea în ce spune, pe când ea, dimpotrivă, spunea atât de multe prostii în speranţa că aşa vor deveni credibile şi că, vorbind despre sentimentele ei, acestea vor deveni autentice. Acum se întreba dacă nu cumva erau pur şi simplu false. Se zice că trebuie să dai nume lucrurilor dacă vrei să le cunoşti. Uneori Anna se întreba dacă nu cumva e mai înţelept să nu dai nume trăirilor tale ca să poţi avea parte de ele în continuare. Fiecare nume lipeşte ceva de cruce, opreşte acel ceva din zbor; fiecare nume, gândea Anna, este ca un glonţ care îşi caută ţinta, să o ucidă.

Chiar şi atunci când era foarte mic, Gus nu spunea că o iubeşte decât dacă insista ea, şi atunci băiatul o spunea râzând, de parcă n-ar fi fost nimic serios, doar o glumă răsuflată, deloc pe măsura a ceea ce erau ei. În adolescenţă îi spunea că ţine la ea, că-i place de ea, că se simte fericit alături de ea; că, mai presus de orice, se simţea foarte liniştit în compania ei. Multă vreme Anna s-a simţit ofensată că Gus nu voia să spună că o iubeşte decât dacă îl obliga, să repete cuvintele ei, un fel de jurământ pe care băiatul îl găsea caraghios tocmai fiindcă era fals, nesincer. Mult prea multă vreme, gândea Anna acum, se simţise ofensată, ba chiar mai mult, furioasă. Timp de poate douăzeci de ani simţise că ceva nu mergea dacă el nu voia să rostească acele cuvinte. Dar Gus nu vorbea doar ca să se afle în treabă. Şi poate că ce voia el să spună era ceva mai puternic decât dragostea, ceva mai complex, ceva inexprimabil. Parcă auzea vocea lui Gus, lentă, blândă, moale, dar nu-şi imagina cum îi suna vocea ei lui Gus. Autoritară? Apăsătoare? Veselă? Tristă? Nostimă? Mohorâtă? Nu: imposibil de ştiut vreodată.

15

A aşteptat câteva clipe, apoi a intrat şchiopătând, sprijinită în cârjă. Era întuneric în cameră, un miros fetid, singura lumină, multicoloră, venind dinspre laptopul pe care Gus se juca de-a războiul; un loc în care percepţia senzorială era aproape absentă, cu excepţia singurului stimul, o tufă mereu în flăcări în acea lume înecată, subacvatică.

Gus s-a răsucit pe scaun şi, preţ de o clipă, Annei i s-a părut că vede sau a văzut sau poate doar a simţit o urmă de suferinţă pe faţa lui. Doar preţ de o clipă. Căci ochiul şi buzele lui – ce mai rămăsese din faţa lui – dispăruseră şi ele, iar Anna şi-a dat seama că Gus să fi vrut, şi tot n-ar fi putut să arate vreo emoţie.

Ceea ce rămăsese era la fel de nepătruns şi de necunoscut ca o bucată dintr-o statuie clasică profanată de primii creştini, dezlănţuiţi, când şi acea lume dispăruse, fără culoare, nări, buze, pupile, toate distruse şi pierdute pentru totdeauna. Ca şi cum faţa lui Gus i-ar fi alunecat de pe cap, ca resturile de mâncare de pe o farfurie înclinată.

Poate că Anna a icnit de spaimă. Poate că a rămas mută. Mai târziu n-a mai putut spune. Îşi amintea doar de acel oval jalnic îndreptat spre ea, parcă tot Gus, după formă şi păr, după gesturile melancolice, încă uman, din moment ce o recunoştea şi dădea senzaţia unei tristeţi inefabile şi acum imposibil de definit, luminată de foc, de bombele care explodau pe ecran.

Anna a dat să-l îmbrăţişeze, a dat să-l lipească de ea şi să nu-i mai dea drumul, dar, în timp ce Gus se ridica de pe scaun, a văzut că-i dispăruse şi un braţ. Nu s-a arătat şocată de absenţa lui, ci doar tristă că Gus nu o va mai îmbrăţişa ca altădată.

Nu-i nimic, şi-a spus, îl va îmbrăţişa ea; da, încă mai era posibil. Dar, în realitate, nimic normal nu mai era posibil, a gândit Anna. A renunţat la cârjă, trecându-şi braţele pe după golul tot mai mare care era viaţa ei. Şi, în timp ce-l legăna, în timp ce Gus era întors spre ea cu acea figură inexpresivă, înspăimântătoare, i s-a părut că desluşeşte o trăsătură cunoscută, abia sugerată de barba nerasă pe acel oval trist, şi un monoclu ciudat pe bucata aceea de piele, şi nu s-a speriat, ci a rămas uimită, chiar fascinată – unde găsise un monoclu atât de ciudat? – şi a privit din nou golul din faţa ei de parcă cineva tocmai ar fi smuls un văl de pe el.

Remuşcare sau ură, ce se putea citi pe rămăşiţele feţei lui? – sau un eşec total, care era al ei, numai al ei?

16

Meg s-a înviorat. Stătea cu Anna în ceața gălbuie a înserării, fără umbre, într-o cafenea din Surry Hills, și bea vin rosé. Fumul incendiilor acoperea orașul și acrea totul, pentru Anna inclusiv gustul vinului; era bizar ca la o oră atât de înaintată să nu vadă nici o umbră, doar lumina murdară, și nici urmă de amurg.

Bizar, dar normal.

Meg povestea cum odată trecuse pe lângă casa unei prietene în vârstă – în vârstă însemnând că această femeie era bătrână când Meg era tânără, iar bătrâna era simpatică și binevoitoare. Era poetă și fuma țigară de la țigară într-o vreme când Meg voia să fie poetă.

Anna o privea lung, atentă, mută, incapabilă să dea glas unui lucru mai mult decât evident: Meg, exact ca și ea, avea doar un singur ochi, deși al ei nu era în mijlocul feței, ci pe partea stângă, încadrat de un monoclu din baga. Oare de ce nu era și Meg la fel de șocată de singurul ochi al Annei?

Meg..., a început ea, a vrut, a încercat. Meg! Te rog! Trebuie... *trebuie să vorbim.*

Vârându-și un picior sub celălalt, Meg a continuat să-i spună cât de mult se pricepea bătrâna să pregătească mâncăruri exotice precum *coq au vin.*

Și, dacă în trecut Anna putea vorbi cu Meg despre orice, libertate deplină – cele mai ascunse secrete, cele mai banale lucruri, cele mai ciudate –, acum simțea exact opusul, că nu-i mai putea împărtăși nimic, că era mută, prizoniera propriei tăceri, piciorul lui Meg vârât sub celălalt i se părea un obicei indecent, și tot ce găsise atrăgător cândva acum o enerva și chiar îi repugna.

Vinul de Xeres era băutura ei preferată, a zis Meg, și una-două aducea vorba de Cambridge, unde fusese studentă odată cu Ted Hughes. Dacă-ți poți imagina! Chestie foarte exotică în Wollongong-ul anilor '80. Era o bătrânică grozavă, locuia într-o căsuță veche, cu un arbore de piper în curtea din față. Până la urmă a murit.

Meg, a spus Anna. Meg, mă vezi?

Bineînțeles că te văd, a răspuns Meg. Și-a scos monoclul și ridicându-l între ele, întorcându-l pe o parte și pe alta de parcă ar fi fost ceva foarte prețios, a zâmbit. E frumos, nu? Mi-ai reproșat mereu că nu vreau să port ochelari. Uite că mi-am cumpărat monoclul ăsta și acum văd mult mai clar.

Anna a privit lung în ochiul căprui al prietenei sale, un caleidoscop care cândva o dezarma, iar acum o îngrozea. A rugat-o să lase piciorul jos, i se părea un gest pueril.

Meg s-a conformat și a continuat povestea.

După mulți ani, trecând cu mașina prin fața casei, a observat că arborele de piper fusese tăiat și că acea căsuță magică, fără hohotele de râs, fără misterul, magia și veselia bătrânei, era acum o casă oarecare. Moment în care a copleșit-o o tristețe teribilă. Bătrâna dispăruse, magia dispăruse, la fel și tot ce însemnase viața ei, fiindcă acum părea că nu însemnase nimic sau, la fel ca arborele de piper, ceva ce pur şi simplu dispărea şi, odată cu el, tot ce dădea sens vieţii.

Meg, a zis Anna. Te rog să te uiţi cu atenţie. Chiar nu vezi?

Dar în ziua aceea, a continuat Meg vârându-şi din nou un picior sub celălalt, în timp ce stăteam în maşină privind căsuţa, n-am găsit nici un răspuns. Crezusem că acea căsuţă, zilele acelea, acel *coq au vin* fuseseră începutul unei perioade faste în viaţa mea. Ei bine, nu. Am simţit un gol mare în stomac, ca o senzaţie de foame care e gata să mă devoreze, gata să mă înghită dinăuntru în afară. Şi m-am făcut ingineră.

Niciodată nu ştii că începutul unui lucru este şi sfârşitul lui, a adăugat Meg, şi că nu numai el dispare, ci şi tu.

17

Viaţa continua mai mult sau mai puţin ca de obicei, gândea Anna. În marele oraşe erau probleme mai presante precum funcţionarea transportului public sau a salubrităţii; plata salariilor sau cheltuirea lor; erau atât de multe lucruri care trebuiau cumpărate şi vândute, plus ideea unor lucruri nenecesare care erau necesare, chiar fundamentale, iar marele circ mergea mai departe chiar şi atunci când viaţa normală înceta sau devenea prea grotescă şi înspăimântătoare ca s-o mai poţi contempla.

Uneori în trecere sau atunci când oamenii se mai relaxau auzea despre un alt fiu adult redus la o mână, un gest, o umbră, dar asta era, cum îi spunea Meg, *o chestie prăpăstioasă*, iar conversația trecea peste ea, ca un râu care își iese din matcă și se îndreaptă spre alte văi, mai însorite.

Anna începea să creadă că singurul lucru mai rău decât atunci când lumea nu băga de seamă era atunci când, cu perversitate, chiar o făcea, minimalizând dispărițiile, transformându-le într-o știre banală, rătăcită într-un jurnal de actualități ca și cum, în cel mai bun caz, ar fi fost născocirea unor ciudați sau rodul conspirațiilor vehiculate pe rețelele de socializare sau, în cel mai rău caz, ar fi meritat o clipă de atenție. Simțul practic îți arată că ceva nu este în regulă, îi spunea Anna lui Meg, însă aceasta îi răspundea că acum tot ce nu este în regulă este simțul practic.

O vreme Anna a încercat să vorbească despre asta, insistând asupra subiectului cu atât mai mult cu cât interlocutorii se arătau interesați de alte subiecte. Din clipa în care menționa un nas dispărut sau lobul unei urechi, dispărut și el, ceilalți începeau să discute despre politică, Netflix sau TikTok. Cu cât se arăta mai preocupată de acest subiect, cu atât mai preocupați se arătau ceilalți față de subiectele lor. Ea vorbea despre ochii lipsă, ei, despre prim-ministru. Ea vorbea despre fii dispăruți, ei, despre stresul provocat de ipoteci. Nimeni nu știa cum să spună ce avusese în locul în care îi fusese nasul.

Anna nu vedea nicăieri o dovadă că lumea voia să abordeze serios problema. Poate că odată cu dispariția treptată a lumii esenţiale oamenii doreau să se concentreze asupra lumii neesenţiale.

La ce altceva să te aştepţi? întreba Meg. Meg o enerva din ce în ce mai mult.

Desigur, oamenii încă mai vorbeau între ei, dar, într-un fel dincolo de înţelegerea Annei, acelea nu mai erau conversaţii propriu-zise, ci non-conversaţii, în care fiecare persoană vorbea din ce în ce mai repede şi mai tare ca să evite posibilitatea unei conversaţii reale.

Oricum, era vară iar, vara nu se mai termina şi nici nu începea cu adevărat, era doar o căldură insuportabilă, norocul barurilor şi al restaurantelor care gemeau de clienţi, şi, chiar dacă *disparițiile*, cum li se spunea uneori, începeau să fie subiect de discuție, oamenii nu-şi pierdeau prea mult timp cu ele. Erau atât de multe lucruri de discutat, în fiecare zi se întâmpla câte ceva mai ridicol, mai tragic, mai caraghios, mai *incitant* – un scandal politic, un copil ucis, penisul unui bărbat rupt cu dinţii de o iubită furioasă. Unii își făceau griji. Însă realitatea era că majoritatea nu-și făceau, sau nu-şi făceau îndeajuns.

Iar când a început prima foamete, se întâmpla în altă parte, războaiele tot mai numeroase izbucneau în altă parte, atrocităţile şi ororile se petreceau în altă parte iar acea altă parte era întotdeauna greşeala altora, iar alţii erau întotdeauna mai puţin capabili şi mai proşti decât ei, în consecință nu-și făceau prea multe griji nici despre aceste lucruri și nici nu se arătau extrem de neliniştiţi când cei care fugeau din faţa acestor orori erau întorşi de la graniţă sau închişi, deoarece, având doi ochi şi un nas, era clar că nu erau ca ceilalţi, erau nişte aberaţii ale naturii.

La urma urmei, îşi spunea Anna, poate că dispariţiile nu erau chiar atât de rele. Poate că nici nu erau o problemă, ci o adaptare firească, un proces pentru care, ca să-l înţeleagă şi să-l gestioneze, societatea avea nevoie de ceva timp.

Poate că acesta era adevărul, şi, când s-a aflat că, pe lângă ochi, membre şi extremităţi, şi fiii începeau să dispară, anormalul devenise deja normal.

Câţiva au încercat să atragă atenţia în mod public asupra dispariţiilor, unii au iniţiat proteste violente, o mână de oameni s-au dedat la acte de terorism pe cât de teribile pe atât de inutile, dar toate aceste lucruri, chiar şi manifestările extremiste, au devenit în cele din urmă ştiri de mâna a doua, prea puţin îngrijorătoare pentru marea majoritate şi prea deprimante pentru toţi fiindcă, nu-i aşa? încă mai existau o mulţime de lucruri care îi fericeau pe oameni sau cel puţin lucruri despre care oamenii credeau că îi fac fericiţi. Anna însă îşi amintea mereu de înmormântarea lui Terzo, de anumite detalii care o obsedau: tavanul alb, jos, cu constelaţiile lui simetrice de lumini supărătoare, steagurile vesele, pustiul imens care o copleşise.

18

Cuvintele erau mai degrabă un zid între oameni, nu un pod, şi, dacă reuşeai să-l construieşti cât mai înalt, nimeni nu mai putea vedea deşertul tot mai întins al celor dispăruţi de cealaltă parte. Lumea părea să se folosească de cuvinte ca să evite folosirea lor pentru ceea ce erau folosite în mod obişnuit. Anna se întreba dacă nu cumva dispăruse însăşi raţiunea de a fi a cuvintelor, căci ceea ce auzea acum, când vorbeau oamenii, când vorbea Meg, nu mai erau cuvinte, ci un fel de bâzâit, acelaşi bâzâit despre care îi tot spunea Tommy.

Acum îl auzea şi ea: la înmormântarea lui Terzo, în cafenele, pe stradă; cum pătrundea în camere chiar dacă toate uşile şi ferestrele erau închise, prin pat şi pernă când dormea, îl simţea cum îi sfredeleşte nervii dinţilor în timp ce visa. Meg însă doar mormăia ceva drept răspuns la întrebarea ei dacă auzea ceva – lui Meg nu-i păsa, nu auzea nimic.

Anna o vedea din ce în ce mai puţin pe Meg.

Fiindcă nu prea mai avea ce să vadă; într-o noapte s-a ridicat în capul oaselor, cu textul pregătit: Meg, cred că nu te mai iubesc. Ca un bun arhitect minimalist ce era, textul, simţea ea, era elegant, elocvent şi suficient, fără înflorituri. Dar, ca şi Gus înaintea ei, Meg se dizolva puţin câte puţin în fiecare zi, dispărându-i degetele mâinile membrele, şi Meg părea că nu observă nimic, nici la ea nici la alţii, iar când Anna a dat să-i atingă umărul, n-a găsit nimic.

Anna? a mormăit Meg.

Nimic, a replicat Anna. Nu-i nimic.

Erau perioade în care Anna putea să-l dea uitării, până revenea, un zgomot strident, uneori ca un bip-bip-bip, alteori ca o pulsaţie sau un ţiuit mai puternic, ascuţit, sau aproape de un ţipăt inuman. Ca o durere sau o pierdere. Poate că era o durere, singura, şi, cât dura, altceva nu mai era posibil. Fără discuţie, fără comentarii, şi-a dat seama că nu mai dormea cu Meg. Mai rău de atât, prefera să doarmă singură, după ce se uita în telefon.

19

A căutat „Ierusalimul sudului" şi „Port Davey". Prin arhive, recenzii, istorii şi articole ştiinţifice a început să reconstituie povestea.

Un evreu ortodox leton, Isaac Steinberg, anticipând Holocaustul, a încercat să găsească un liman pentru evreii lumii în preajma celui mai mare pericol. Fost comisar pentru dreptate socială în primul guvern condus de Lenin, cunoscut drept Măcelarul din Moscova, ulterior trimis la închisoare de Lenin, Steinberg a evadat şi a devenit liderul unei facţiuni desprinse din mişcarea sionistă, încercând să obţină un teritoriu pentru evrei în lumea nouă, la sfârşitul anilor '30. Madagascar. Etiopia. Nord-vestul Australiei. Dar numai tasmanienii s-au gândit că i-ar putea da teritoriul de care avea nevoie pentru noua lui Palestină: Port Davey şi sfertul de insulă înconjurător, nepopulat, din sud-vest.

Câţi evrei ar fi putut fi salvaţi?

Steinberg a prevenit lumea în privinţa nenorocirii care se abătea asupra Europei. Oamenii însă nu vedeau ce vedea Steinberg. Şi nu credeau că ar putea salva lumea. Până în 1942, chiar şi Steinberg îşi pierduse încrederea.

Toţi şi-o pierduseră, cu excepţia unui ne-evreu.

Numele lui era Critchley Parker. Pe un site artritic, ce scârţâia din toate încheieturile la fiecare pagină descărcată, Anna a găsit textul unui elogiu care îi fusese adus în 2009 în cadrul unei conferinţe a Societăţii de Istorie a Tasmaniei.

Parker se îndrăgostise de o evreică măritată din Melbourne, care era o susţinătoare a lui Steinberg. În aprilie 1942, tocmai când începea vara marelui măcel din Europa, acel tânăr costeliv, total nepotrivit ca temperament, sănătate, experienţă şi pregătire a supravieţuirii într-un ţinut atât de sălbatic, a început să exploreze Port Davey şi regiunea împrejmuitoare, un teritoriu nepopulat şi aproape necunoscut. În timp ce genocidul atingea dimensiuni industriale în Europa, din pricina gazării în masă cu Zyklon B, Critchley Parker făcea tot felul de planuri pentru amplasarea marii capitale a evreimii în ţinutul de baştină al papagalului cu burta portocalie.

Totul ca s-o impresioneze pe doamna mondenă din Melbourne, fiindcă dragostea lui disperată şi cruciada ei se suprapuneau acum. Până la urmă Critchley Parker a murit acolo, singur. S-ar putea spune, scria autorul elogiului, că a murit din prea multă dragoste. Poate că a fost o moarte prostească. Sau poate inutilă.

Anna însă era emoţionată: *omul ăsta a reușit.*

Într-un fel, pentru ea era o victorie.

A derulat documentul până la capăt. Autorul era profesor de zoologie la Universitatea din Tasmania, specializat în specii de păsări dispărute.

Numele profesorului era Lisa Shahn.

Când papagalii cu burta portocalie s-au întors în primăvara următoare, câțiva prospectori au găsit un schelet vâscos într-un sac de dormit. Era Critchley Parker, cortul lui fiind de mult luat de vânt, iar lângă el se afla un jurnal al visurilor și planurilor lui pentru capitala evreimii, pe care o voia proiectată de Le Corbusier.

De cine altcineva? scrisese el.

Între timp dinspre nord venise iarna. Trei sferturi din evreii Europei, care urmau să piară în Holocaust, printre ei și familia Lisei Shahn, erau deja morți.

20

Când, în sfârșit, oasele i s-au vindecat, Anna nu și-a mai reluat obiceiul de a alerga în fiecare zi. Nu a mai trecut pe la sala de fitness. Observa cu indiferență cum corpul ei refuza să se revitalizeze, să se întărească, să prindă putere. Ce mai conta dacă era trasă la față și pielea atârna pe ea? Învățase că oamenii nu mai remarcau nimic, crezând că văd aceeași persoană când, de fapt, persoana dispărea din fața lor. Se dizolva încetul cu încetul, și nimeni nu părea să bage de seamă. Cu cât lucrurile se schimbau mai mult, cu atât mai abitir oamenii se holbau la ecranele lor, trăind în altă parte, lumea reală fiind acum doar un simulacru al lumii ecranelor, viața lor reală fiind umbra vieții online. Cu cât mai mult dispăreau, cu atât mai fermi deveneau oamenii online, ca într-o ecuație sau un transfer grotesc. Creator de meme, influencer, blogger, diarist online. Anna se întreba dacă nu cumva cu cât erau mai mult acolo, cu atât mai puțin erau aici... Știa asta?

Nu, și-a zis, nu știa; nu știa nimic, dar uneori i se părea că oamenii nu numai că nu vedeau, ci poate – și asta o înspăimânta cel mai mult – nici *nu voiau să vadă.*

Ea însă, mai presus de toate, voia să vadă.

Își dorea să observe din nou lumea nu așa cum spuneau oamenii că este, ci *cum este ea cu adevărat.* Voia să fie atentă la acest *este*, nu să se panicheze la ce nu este. Voia să cunoască exact lumea așa cum i se înfățișa ei. Iar dacă i se revela ca un univers rănit, vătămat, poate că și în rană mai exista o speranță. Brusc, aceste lucruri i se păreau nespus de clare. Mai puțin clară era înfăptuirea lor. A intrat pe WhatsApp, a intrat pe Instagram. Un papagal multicolor carbonizat i-a întrerupt derularea.

21

Culcată pe o grămăjoară de cenușă udă lăsată de valuri pe plajă, pasărea arsese, se înecase, cu ciocul ei de un roșu aprins, cu penajul albastru-viu, verde, galben și portocaliu, alcătuind un caleidoscop împreună cu frunzele uleioase, arse și ele, și scoarța de copac înnegrită. Singurul ei ochi deschis o fixa pe Anna ca la Judecata de Apoi.

A văzut!

A văzut, a văzut!

Simţea frica aproape. Nu toată lumea spunea asta: Vara e înfricoşătoare. Fumul e înfricoşător. Să ai copii e înfricoşător. Să trăieşti în pădure e înfricoşător. Să te sufoci în oraşe e înfricoşător. Ziua de azi e înfricoşătoare. Ziua de mâine e înfricoşătoare, dacă ajungem s-o trăim.

22

A doua zi a dat peste cartea de vizită a Lisei Shahn în buzunarul hainei. A făcut-o ghem şi a vrut s-o arunce, dar s-a răzgândit. A netezit-o şi a privit-o lung. Şi-a amintit de părul ei prins neglijent în coadă de cal, de felul cum îi pronunţa numele, de cât de atent o privise şi, mai presus de toate, de cum observase că îi lipsea o mână. Drept care a luat telefonul şi a sunat-o pe Lisa Shahn. De ce? Nu ştia prea bine. I-a răspuns căsuţa vocală. A închis fără să lase un mesaj. A vârât cartea de vizită într-un coşuleţ din iarbă împletită unde ţinea cheile şi acolo a rămas câteva săptămâni până într-o zi, când, sătulă de câte se adunaseră în coşuleţ, a vrut s-o arunce. Dar înainte s-o facă, a ţinut-o câteva clipe în mână, s-a gândit şi din nou a format numărul Lisei Shahn.

De data aceasta Lisa Shahn a răspuns.

Anna habar nu avea ce să-i spună, dar s-a auzit vorbind rar şi sigură pe ea, explicându-i că era femeia din avion, cea care îşi pierduse mâna şi care acum era foarte posibil să-şi piardă şi capul. Spera că nu e deplasată, însă avea o întrebare. Găsise imaginea unui papagal multicolor carbonizat, o pasăre atât de frumoasă, care îi frânsese inima.

ZECE

1

Degenerare regenerare degradare. Povești cu lasix, zithromax, warfarin, nexium, fentanyl, spuse de idioți despre ce nu mai înțelegeau medicii că se petrece și cine urma, cine?

Francie putea să moară sau să nu moară *da* putea să fie sau să fi fost *da* era pe drumul cel bun *da* doar că era pe drumul cel rău. Da da da, *chiar* nu? Atâta știință, atât de puțină înțelepciune. Medicii erau foarte mulțumiți cum răspunde la un tratament sau altul sau că nu răspunde deloc. Noi proceduri, vechi vanități, tratament alternativ care nu era deloc tratament, mulțumiri din suflet, pentru puțin. *Putem încerca, nu-i nici o problemă.* Da nu poate. Speranță atât timp cât nu înțelegeai disperarea.

Uneori părea doar un program de tortură, își spunea Anna, singura lui caracteristică interesantă fiind că suferința lui Francie creștea cu fiecare pas greșit.

Iar la baza acestui mister care era sistemul medical stătea cea mai mare perversitate: amabilitatea celor care făceau parte din el. Infirmierele atât de răbdătoare, asistentele nespus de blânde, femeia atât de tandră care-i aducea mâncarea lui Francie, de care Francie rareori se atingea. Plus o doctoriță tânără din Sri Lanka, care punea mult suflet.

Şi totuşi, grija şi amabilitatea lor nu o făceau decât să sufere şi mai mult. Uneori Anna îşi spunea că a supune la asemenea chinuri o ființă înzestrată cu rațiune, în oricare alt domeniu al vieții, ar fi fost socotit un act criminal, psihopat, şi pedepsit cu ani grei de închisoare.

Această crimă invizibilă înflorea şi era posibilă, îşi dădea ea seama, din cauza unei minciuni. Iar acea minciună era încurajată de toți – copii, medici, asistente. Minciuna era că amânarea morții înseamnă viață. Acea minciună groaznică făcuse din Francie prizoniera unei singurătăți absolute, desăvârşite, mult mai terifiantă decât celula unei închisori.

Anna se întreba dacă această minciună, mai ceva decât orice patologie, era motivul pentru care Francie nu mai comunica. De ce s-o facă dacă nimeni n-o asculta? De ce, când toate cuvintele şi dorințele ei erau întoarse împotriva ei? Totul depindea de acea minciună – de la mâncarea care o ajuta să se întremeze la medicamentele care o împiedicau să moară şi la următoarea procedură care promitea, ca întotdeauna, să o pună pe picioare.

Minciuna pornea din milă – mila pe care ea şi Terzo o împărtăşiseră cu medicii. O astfel de milă nu era decât expresia celei mai crase vanități din partea tuturor. La urma urmelor, ce era mila, dacă nu durerea provocată de iluzia puterii? Şi ce era puterea? Nimic, îşi spunea Anna. Absolut nimic. Nu o puteau salva pe Francie, dar o puteau face să sufere. Aceasta era singura putere pe care o aveau.

2

Anna stătea lângă patul de spital în care zăcea mama ei, după câteva ore de dializă, o coajă vârâtă în cearşafuri şi perne, şi observa cât de mult se schimbase în cele câteva zile care trecuseră de la ultima ei vizită. Acum totul părea să-i facă rău. Se chinuia să respire, gâfâind repede ca să evite senzaţia de mâncărime care îi provoca oribile convulsii, o tuse atât de puternică, încât adesea vomita bilă verde. Atât de slăbită era, încât, atunci când tusea înceta, adormea, şi în somn, lucru şi mai înspăimântător, uneori înceta să respire.

Ca şi cum ei, copiii ei, ar fi fost păpuşarii care întreţineau iluzia vieţii, iluzia fiind chiar mai necesară decât Francie, acum doar o marionetă suspendată de tuburi care porneau din aparate şi lichidele lor care o condamnau la viaţă şi se îmbucau cu tot felul de şunturi, catetere şi orificii.

E un caracter extraordinar, mama dumneavoastră, a remarcat tânăra doctoriţă din Sri Lanka într-una din zile.

Anna se gândea la Francie doar raportând-o la casa şi familia ei, de aceea nu şi-o putea închipui ca pe o persoană adultă, independentă de ei şi de nevoile lor, a cărei companie era agreată de alţii pentru caracterul ei, pentru calităţile ei umane deosebite, dar nerecunoscute şi invizibile până acum.

Tânăra doctoriță din Sri Lanka a spus că începea să înțeleagă vorbele unui medic bătrân din timpul studenției: măsura noastră este dată nu de ceea ce spunem sau gândim, ci de ceea ce suntem când ne pune la încercare suferința.

Iar suferința lui Francie nu avea sfârșit. Prinsă între dorința corpului de a muri și încăpățânarea copiilor rămași ca să o țină în viață, Francie era pusă la încercare in extremis.

3

Anna s-a întors la Sydney, a luat un taxi până acasă și, ajunsă acolo, a bătut la ușa lui Gus. Neauzind nici un răspuns, a intrat șchiopătând în camera lui.

În întunericul din jur ecranul laptopului arunca o lumină ce părea că tremură. Gus nu era nicăieri, dar Anna a observat cătarea unei puști care se mișca pe ecran, după un animal care s-a transformat în pasăre și a început să zboare. Sub ecran a văzut un controler de jocuri pentru o singură mână, unsuros și înnegrit după atâta folosință, și, în jurul lui, patru degete care se mișcau când în umbră, când în afara ei.

Dar, și-a dat seama Anna simțind cum o apucă greața, fără mână. Fără braț, fără corp. S-a uitat repede în jur căutând o altă rămășiță a băiatului ei. Nimic. Gus nu mai era.

A întins mâna rămasă și s-a sprijinit de ușorul ușii. A înghițit în sec de câteva ori simțind că nu mai are aer. A rămas aşa câteva clipe, ca şi cum s-ar fi odihnit, o femeie micuţă în întuneric.

Cătarea puştii era fixată pe o lume damnată, care alerga, sărea, se dădea peste cap, zbura, căuta să scape de glonţul, proiectilul, apocalipsa următoare, lumea veche explodând, nemairămânând nimic din ea, în timp ce sub ecran, înţelegea Anna acum, era tot ce mai rămăsese din fiul ei – trei degete – smucindu-se înainte şi înapoi ca un picior de broască într-un experiment făcut la liceu.

Cătarea puştii cutreiera ameninţător ecranul în căutarea sărmanei păsări în timp ce, strângând controlerul, degetele lui Gus se mişcau sacadat, înainte şi înapoi, odată cu cătarea. Anna nu-şi dădea seama dacă degetele lui Gus mişcau controlerul sau controlerul mişca degetele lui Gus, ca şi cum degetele lui ar fi fost doar un avatar – care dispărea treptat – al lucrului real de pe ecran, o cătare digitală care anima tot ce mai rămăsese din băieţelul ei frumos.

Simţea cum urcă în ea un ţipăt, cum i se deschide gura, însă din gură a ţâşnit numai un spaţiu necuprins, care a început să se prăbuşească şi în care se temea că ar putea să dispară şi ea. Parcă ar fi vrut să vomite, dar nu avea ce, nimic ceva totul nimic. Chiar şi posibilitatea ţipătului dispăruse. Şi fără un cuvânt – ca şi cum vreun cuvânt, gândea ea, ar fi putut străpunge o asemenea oroare – a părăsit camera şi a închis încet uşa după ea.

4

S-ar putea spune că fiul ei a fost şi n-a fost mereu aici, gândea Anna. N-a fost aici din ce în ce mai mult. N-a fost acolo. N-a fost în Elveţia. N-a fost nicăieri.

5

Era OK, spunea asistenta, era mereu OK, cu cât situaţia se înrăutăţea, cu atât era mai OK, doar că Francie nu mai putea înghiţi şi trebuia hrănită cu un lichid nutritiv printr-un tub vârât pe gât.

Trei asistente au venit la patul lui Francie la o jumătate de oră după ce medicul lăsase toate instrucţiunile. Asigurând-o pe Anna că totul va merge bine, asistentele au rugat-o să părăsească rezerva. La întoarcere, a observat că gura lui Francie atârna fără vlagă, iar în nas avea un tub din plastic care era legat de o pungă cu un lichid galben, fixată pe un stativ.

Francie s-a întors spre Anna de parcă ar fi fost surprinsă în timp ce făcea un lucru interzis, de parcă ar fi fost vinovată că trăieşte. Obrajii ei, albicioşi şi uscaţi de obicei, îi luceau, colţurile ochilor ca un filigran de riduri argintii, primele lacrimi pe care Anna le vedea pe faţa mamei din ziua în care îl înmormântaseră pe Ronnie.

6

Francie se dezintegra în faţa ochilor lor. Aproape cuprinsă de panică, Anna insista, pretindea, se ruga, se împrumuta și cumpăra aproape tot ce putea opri declinul mamei sale. Diverse mașinării începeau să înfășoare corpul lui Francie ca să-i încetinească degradarea – o saltea controlată de un computer care se umfla sau se dezumfla în anumite zone ca să stimuleze circulația sângelui și să prevină escarele, cearșafuri speciale care să împiedice rănirea prin frecare a unui corp atât de fragil.

De fiecare dată când își vedea mama, șocul era atât de mare, încât simțea că plesnește ceva în ea. Câteodată aproape că-și pierdea echilibrul și, ca să nu cadă, trebuia să se apuce de scaunul acoperit cu vinilin albastru sau să se lipească de perete. Acum la fiecare vizită întâlnea o altă femeie, fiecare femeie o versiune tot mai redusă a mamei sale, fiecare femeie mai mică decât cea precedentă, fiecare mamă pe care o saluta tot mai puțin mama ei.

Când își revenea, Anna făcea un pas înainte, o mângâia pe față și începea să-i vorbească atât de calm și cu atâta blândețe, încât aproape că nu-și mai recunoștea vocea, folosind aceleași cuvinte care sunt rostite de fiecare vizitator în astfel de rezerve, în astfel de locuri și în astfel de momente, aceleași platitudini, aceleași vești fără importanță – aceleași vorbe căzute în gol.

I-a frecat ușor încheieturile osoase ale mâinilor. Când Francie a scos câteva sunete răgușite Anna s-a aplecat în speranța că le-ar putea descifra, degetele ei rămase netezind cutele adânci ale mâinii mamei.

Dar nu putea. Nu mai putea de când Francie ceruse să se împărtăşească. Nu mai ştia nici ce gândea. Braţele şi mâinile mamei nu-i mai ascultau corpul ca să folosească alfabetul. Acum Anna ştia doar că nu mai puteau comunica, mama ei se rătăcise undeva, departe, şi nu avea cum să se mai întoarcă.

Nu mai exista cale de întoarcere.

Într-una din zile a văzut cum Francie s-a trezit în chinuri, membrele ei numai piele şi os încovoindu-se ca la o insectă lovită de plici, cu faţa strâmbată de durere. Într-o după-amiază nu i se mai ridica o pleoapă şi, chiar dacă medicii spuneau că totul e bine, că starea ei este stabilă, că se relaxează, Francie scotea nişte gemete ce aduceau cu cele mai oribile sunete scoase de un animal, ceva între un muget şi un răget. Dar după câteva sunete, prea obosită, Francie se oprea, adormea, ca să se trezească peste două-trei minute şi să-şi urle suferinţa din nou. Era o scenă grotescă, inumană, atât de animalică, încât Annei îi venea să-şi ia câmpii.

7

A rămas pe loc însă. S-a gândit la Gus, s-a gândit la cât de mult ar fi vrut să-l strângă la piept.

Şi-a îmbrăţişat mama şi a început să o legene, încet, de parcă n-ar mai fi fost mama, ci copilaşul ei, şi o strângea la piept fiindcă doar atât putea face, fiindcă în clipa în care i-ar fi dat drumul se temea de tot ce urma, cum urmase în cazul lui Ronnie, al lui Horrie, al lui Terzo, cum urma acum în cazul lui Gus.

Într-un caiet pentru vizitatori de pe noptiera lui Francie Tommy scrisese versuri din poezii și cântece. Spre iritarea Annei, poate fiindcă banalitatea sentimentelor părea atât de deplasată față de chinurile prin care trecea mama lor. Dar, când le citea, uneori îi dădeau lacrimile, gândindu-se la fragilitatea mamei, la propria ei slăbiciune, la cât de ușor se lăsa impresionată, la felul în care marile suferințe nu admit decât răspunsuri banale. Și, citând acele versuri, aproape că le credea, o plasă în care se încurcase, la fel cum gândurile ei se încurcau în logica unor cuvinte.

Dar unde logica nu mai funcționa – în acele bucățele ciudate de hârtie pe care mama ei le acoperise cândva cu hieroglife indescifrabile – numai acolo, își spunea Anna, în absența totală a unui înțeles ce poate fi comunicat, se putea vedea limpede tragedia mamei sale. Chiar și o literă aleasă corect ar fi diminuat acea tragedie, ar fi făcut-o mai puțin dureroasă, mai puțin adevărată.

Prima ei amintire: cum se urcase în pat, alături de mama, îmbătându-se cu parfumul și căldura ei pe când ploaia cădea pe acoperișul de tablă și bătea în geam, iar lumea ei erau acele brațe, acel parfum și acea căldură, în timp ce zgomotul lumii se estompa.

Anna s-a urcat în pat lângă mama ei. Mirosurile ei nu mai erau respingătoare, sunetele scoase de ea nu mai erau înspăimântătoare, a strâns-o la piept, și-a strecurat mâna pe sub tuburile aflate într-un echilibru precar şi, cât de încet şi de blând era în stare, a mângâiat ce mai rămăsese din carnea braţului mamei, învineţită de prea multe luni de ace şi canule. Era conştientă de propria singurătate şi de singurătatea mamei şi de faptul că, ţinând-o în braţe, nu punea capăt nici singurătăţii ei, nici singurătăţii lui Francie.

Anna îşi strângea mama la piept, dar mama nu-şi strângea fiica la piept. Mama ei nu avea puterea de a opri pe cineva să o prindă şi să o strângă în braţe. Nu avea puterea să reziste. Asta făcuseră din ea, şi-a spus Anna: o femeie care nu mai era femeie, un om care nu mai era om, o dragoste incapabilă să iubească.

Îşi simţea mama nu ca înainte, ca o forţă vibrantă a cărnii, opiniei şi certitudinii, ci ca pe nişte oase nestăpânite, care împungeau peste tot; da, şi-a zis, doar oasele astea ca nişte beţe şi un gol tot mai mare în interior.

Simţea că atâta timp cât îşi ţinea mama în braţe aveau să suporte durerea împreună, aveau să se ajute să existe în acel gol tot mai mare. Simţea că, dacă nu puteau alunga întunericul, măcar îşi puteau oferi reciproc consolarea fosforescentă a atingerii. Măcar atât, şi-a spus. O linişte de câteva clipe şi o alinare de care aveau o nevoie disperată, ca nişte soldaţi care aşteaptă în tranşee următorul bombardament. Şi era recunoscătoare.

La un moment dat, dându-şi seama că se făcuse târziu, Anna s-a ridicat din pat şi, după ce şi-a învelit mama, a plecat.

8

Afară era lună plină. S-a trezit că mergea paralel cu fluviul, până la Cenotaf iar de acolo până la Domain, cândva marele parc colonial al orașului, acum un melanj trist de parcări și terenuri de sport, beton și bitum presărate ici și colo cu ce mai rămăsese din tufișurile de odinioară, jalnice vestigii. Găsind un eucalipt bătrân, cu crengile încâlcite și trunchiul sinuos, marmură și ardezie în lumina lunii, s-a așezat la poalele lui.

Rădăcinile eucaliptului erau ca niște gheare mari, de pasăre, care țineau copacul în pământ, în timp ce crengile lui încurcate, îndreptate în sus, îi aminteau de degetele unei femei vârâte într-o mănușă nouă. Cândva eucalipții bătrâni păreau să aibă ceva erotic, pe atunci înțelegea ce anume, nu și acum, ca un limbaj din copilărie, pierdut, doar al familiei dispărute. Cu jocul lor de lumini, umbre și pale de vânt, ca într-un vis, cu trosnetul crengilor și freamătul scoarței, cu foșnetul și dansul sprințar al umbrelor lăsate de frunze, eucalipții bătrâni i se păreau atât de deosebiți unul de altul, atât de plini de viață, exprimând atât de multe lucruri, nici unul care să poată fi exprimat prin cuvinte.

Eucalipții bătrâni pur și simplu existau. Existau și te întrebau doar atât: tu exiști?

Hei, tu exiști? s-a întrebat Anna.

Da.

Nu.

Poate.

Când era mică se duceau la biserică, iar biserica era mai curând un șopron mic, din lemn, și singurul lucru frumos erau eucalipţii graţioşi de afară, umbra lor pestriță, mirosul lor, freamătul scoarţei care-i cuprindea precum doagele unui butoi, ciripitul păsărilor, frunzele lor elegante, ca nişte iatagane leneşe, mirosurile de praf şi sevă, urmele prăfoase lăsate de furnici, păianjeni şi omizi care trăiau şi înăuntru şi sub coroana lor maternă. Era un univers copleşitor, ameţitor, euforic.

De atunci nu mai simţise niciodată mirosurile acelea.

Se gândea la toate insectele de atunci, atât de multe, încât parbrizul maşinii se acoperea de un strat galben-negru de greieri sau furnici zburătoare. Căsuța lor din cătunul de lângă plajă se umplea noaptea de molii uriaşe în timp ce familia juca crib. Parcă le auzea cum fâlfâie amenințător din aripi.

De atunci nu mai văzuse niciodată așa ceva.

Viețile lor erau neînsemnate, își spunea Anna, cum altfel? Doar atât aveau voie, insignifianţa era cea care oprea creşterea şi era posibilă printre ruinele şi deşertăciunea marelui vid care era trecutul insulei lor. Și prinsă înăuntru, alături de ei, o mare uitare care, într-un fel, era şi o mare amintire, numai dacă îndrăzneau să se deschidă în fața ei.

Pe de altă parte, plaja, tufişurile, râurile, insectele, animalele şi peştii erau fără sfârşit. Lumea lor era imensă. Nu se termina. Vieţile lor erau neînsemnate, lumea lor era imensă, iar acea lume era o minune fără sfârşit. În faţa istoriei, a politicii sau artei, ea şi poporul insulei sale nu însemnau nimic. Dintotdeauna fuseseră vârâţi în boxa acuzaţilor, vinovaţi înainte de proces. Născuţi din incest. Ocnaşi. Ţărani. Corcituri. Cu două capete. Li se spunea că sunt urâţi, însă trăiau în frumuseţe. Iar în lumea lor deveneau atât de mari, infiniţi, şi infinitatea, libertatea, dragostea şi speranţa erau drepturile lor dobândite prin naştere. Biserica era un şopron gol, plaja, un univers copleşitor, iar religia lor adevărată era în dune, în iarba marran şi în crângurile de acacia, în valuri, în vârtejuri şi maree, în soarele orbitor şi rafalele aspre ale vântului dinspre mare, în scânteierea ochilor de apă lăsate de ocean pe nisip la reflux, în gustul de sare, în bucuria trupurilor care se avântă în primul val, care cad şi sunt ridicate, puterea revitalizantă a lumii.

Amintirea nu o părăsise pe Anna nici în cele mai crunte momente din ultimele zile. În atingerea şi mirosul de sare al vântului din zorii zilei, în lumină, în strălucirea soarelui, în foşnetul arborelui de ceai, în tresărirea eucaliptului, în mângâierea senzuală a umbrei după-amiezii caniculare, se simţise întreagă. Lumea doar adăugase, nu ca acum, să scadă.

În unele nopţi cu lună plină, familiile se adunau pe plajă, bărbaţii trăgeau un năvod lung dincolo de valurile care se spărgeau de nisip în argintiu şi alb, prin apa mării, perpendicular cu plaja, apoi îl întindeau în semicerc şi îl aduceau la ţărm, unde femeile şi copiii așteptau cu găleţile pregătite. Anna îl ţinea de mână pe Ronnie și amândoi priveau, mereu uimiţi de miracol: viaţa scoasă ca prin farmec din apă. Căci în năvod acum erau atât de mulţi pești, atâta hrană, iar bunătatea, bucuria și belșugul, binecuvântarea mării nu o părăsiseră niciodată.

9

În dimineaţa aceea s-a trezit devreme. Când a sunat telefonul, i s-a părut că știuse toată noaptea sau poate dintotdeauna că va suna și că Tommy va rosti acele cuvinte – ca și cum încă mai visa și trăia într-o lume unde era condiţionată de evenimente pe care nu putea să le oprească și nici să le schimbe, doar să le repete. Din clipa aceea totul a părut că prinde viteză, totul a părut că atârnă greu, mai puţin mișcările ei, care nu mai erau mișcări, ci o plutire necontrolabilă pe deasupra caselor, străzilor, pe lângă uși, pe coridoare, în lifturi, mai repede, tot mai repede, spre rezerva atât de familiară din spital ca să descopere că Francie fusese mutată la terapie intensivă. Ca într-un vis pe care părea să și-l amintească, dar care o și ţinea prizonieră, a găsit o atmosferă încordată; chiar dacă personalul își vedea de treabă în tăcere, se simţea emoţia abia stăpânită, un sentiment neașteptat, și fiecare acţiune, fiecare gest, fiecare șoaptă între asistente păreau încărcate de o semnificaţie fatală.

Mama ei dormea, sau cel puţin stătea cu ochii închiși. Exista acum sau părea că există doar ca un loc de întâlnire al aparatelor și stativelor cu pungi care scoteau sau adăugau diverse lichide vitale, ca într-un proces de îmbălsămare complex, ca şi cum Francie ar fi fost moartă.

Anna s-a gândit că aparatele erau reale, aparţineau acestei lumi, spre deosebire de mama lor. Un obraz era atât de vânăt, parcă lovit de o maşină, o consecinţă inevitabilă a medicamentelor care îi subţiau sângele ca să împiedice alte atacuri cerebrale. La cea mai mică atingere sângera. Capul părea să-i fi îmbătrânit peste noapte, cu câteva decenii, afundat în pernă, cu părul atât de rar încât aducea cu o pânză de păianjen, iar faţa zbârcită, suptă, îi amintea Annei de fotografiile din secolul al XIX-lea cu căpetenii amerindiene: nemişcaţi, izolaţi, mândri.

Damnaţi.

Gura şi obrajii i se strâmbau la fiecare respiraţie, de parcă s-ar fi chinuit să tragă după ea o încărcătură prea grea. Anna îşi dădea seama că a muri – cum bănuia că speră Francie, încercând în zadar să scape de viaţă – însemna foarte multe lucruri. În primul rând, eforturi supraomeneşti.

A luat mâna mamei, rece, lipicioasă, prinsă cu tuburi de aparatele care stăteau de pază deasupra ei. Braţul îi era acoperit de comprese în locurile unde pielea, ca de hârtie carbonizată, i se rupsese când asistentele o mişcaseră sau o spălaseră.

Francie nu mai era îmbrăcată în cămaşa de noapte, ci într-un semi-halat de spital care mai mult o lăsa descoperită. Printr-o deschizătură i se vedea un sân. Anna, care avea sânii mici, își invidiase mereu mama pentru sânii ei bogați. Și, după ce-și pierduse unul, o invidia și mai mult, fiindcă, în pofida tuturor pierderilor, sânii îi rămăseseră lui Francie. Pielea sânului părea și acum moale și frumoasă, chiar tânără, fapt care o făcea pe Anna să se simtă mai bine, gândindu-se la mama ei ca la o femeie tânără. Iar în ziua aceea, în acel spital din Hobart, i s-a părut ciudat că pielea mamei, dincolo de membrele ofilite și fața uscată, arăta atât de vie.

Căci corpul ei făcea acum ce trebuia să facă – evacua viața din carne și oase. Când s-a apucat să-i frece picioarele, Anna le-a găsit nefiresc de reci. Culoarea ei trecuse de la foarte palid la aproape cenușiu. Dacă, nu demult, corpul ei lupta, acum pur și simplu se lăsa învins, extremitate după extremitate, membru după membru, ca o armată care se retrage și se dezintegrează fiindcă i s-a refuzat capitularea.

Murmurul incoerent al lui Francie devenea tot mai slab, mai nedeslușit, Anna fiind nevoită să se aplece ca să poată auzi ceva, iar singurul lucru de care era mai conștientă decât de răsuflarea neregulată a mamei pe fața ei era absența răsuflării, înspăimântătoare, intervalele ce păreau să țină minute întregi.

O salvaseră de la moarte, a gândit Anna, doar ca să-i prelungească drumul spre ea.

10

În zilele următoare starea mamei s-a agravat atât de mult, încât asistentele i-au pus o mască de oxigen, conectând-o astfel la încă o mașinărie zgomotoasă. Francie, a explicat o asistentă, era prea slăbită ca să mai poată respira. Acum încercau o terapie cu oxigen sperând ca foarte curând să revină la alimentarea cu oxigen pe cale nazală, mai suportabilă. Dar fața ei părea că se vestejește sub mască de parcă mecanismul i-ar fi aspirat viața și nu ar fi silit-o să inspire oxigen.

Medicii îi aruncau Annei priviri dezaprobatoare și dezamăgite și, în câteva discuții purtate pe un ton ridicat, i-au spus că dializa era inutilă, mai mult o tortură decât orice altceva. Fiindcă în sinea ei se temea că medicii aveau dreptate, Anna s-a văzut nevoită să-și alunge teama, drept care a început să urle la medici, acuzându-i că vor să-i asasineze mama, că se va adresa ziarelor, că va *umple tot internetul*, că nu va ezita să le dea în vileag lipsa de omenie.

Pe măsură ce se împuțina, în fiecare zi, Francie devenea tot mai atașată de Davy, de mâna căruia cu greu se desprindea, și tot mai nepăsătoare față de Anna și Tommy. Și, cu cât Francie se agăța de băiatul bărbos și nu voia să recunoască sacrificiile pe care Anna le făcea pentru ea, cu atât mai hotărâtă era Anna ca Francie să trăiască. Cum se întrebase o asistentă cu multă vreme în urmă: Oare viața nu e o luptă continuă?

Da, răspunsese Anna, cuvintele tinerei sunându-i ca o revelație – *o luptă continuă... să trăiești... să lupți... să trăiești.* Da, da, gândea ea, asta e! Și ceea ce fusese doar un clișeu pentru asistentă, pentru Anna devenise o cugetare profundă care explica suferința nesfârșită a mamei şi îi justifica continuarea suferinţei într-un viitor previzibil.

Să trăieşti... să lupţi... nu-i aşa? Ce altceva... de ce să trăieşti?... ca să lupţi, nu?

Anna avea senzaţia că cineva făcuse lumină în întunericul din jurul ei, chiar dacă acea lumină dezvăluia ceva imposibil de definit. Acum însă vedea totul clar, tot ce fusese confuz, amestecat, devenise brusc evident; tot ce fusese atât de greu acum părea uşor, într-un fel, şi nimic nu mai pătrundea în acel cerc feroce, gol, ce i se învârtea în minte.

Să lupţi... să trăieşti... să lupţi... să trăieşti.

Şi din nou a început să-l piseze pe Tommy cu telefoanele ca să rămână pe poziţie, să găsească aliaţi printre prietenii influenţi, ameninţând, linguşind, calculând şi recalculând costurile suplimentare şi cum ar putea fi împărţite cât mai bine, făcea tot posibilul să-şi ajute mama să trăiască pentru ca propria ei viaţă să continue fără să se confrunte cu momentul care o îngrozea cel mai mult; nu momentul morţii mamei, ci momentul de după şi momentul de după, momentele nenumărate cărora le putea opune doar viaţa mamei sale, căreia acum nu-i mai vedea nici un sfârşit.

UNSPREZECE

1

La cheremul curenţilor de aer, ca o pungă din plastic, un avion minuscul îşi croia drum cu greu prin norii negri, de furtună. Anna se chinuise mult până să capete un loc în aparatul Cessna vechi, cu maximum patru pasageri şi o singură elice, în acea primăvară ploioasă. Când o întrebase pe Lisa Shahn dacă ar putea să ajute la numărarea papagalilor cu burta portocalie, spre surprinderea ei cercetătoarea îi spusese că tocmai renunţase cineva de pe lista de voluntari pentru următorul sezon. Dacă Anna întrunea condiţiile şi avea timp, răspunsul era afirmativ. A urmat o luptă îndârjită de-a lungul iernii ca să obţină un concediu de trei luni fără plată de la firma ei, aprobarea poliţiei după un lung proces birocratic, tot felul de certificate medicale, inclusiv cel de acordare a primului ajutor, ca să nu mai pomenim de certificatul de absolvire a unui curs de orientare de două zile.

Brusc, toate aceste eforturi i se păreau inutile în timp ce, îngrămădită în spatele avionului, lângă cutiile cu alimente şi echipament, Anna era aruncată de colo colo, speriată şi cu o senzaţie de vomă.

Parc-am fi într-o maşină Hillman Minx, a auzit în căşti vocea hârâită a lui Henny Carnevale. La şaizeci şi şapte de ani, Henny Carnevale trăise destul ca să-şi amintească de acea marcă de automobile. Anna urma să observe comportamentul papagalilor împreună cu această specialistă în arta gravurii din Adelaide. Henny ședea pe locul din față, lângă un pilot îngrijorător de tânăr care semăna cu un licean chiulangiu; pilotul le ducea în sud-vestul sălbatic al Tasmaniei, unde trebuiau să numere papagalii cu burta portocalie.

Pe neașteptate, avionul a părăsit întunericul claustrofobic al norilor, dezvăluindu-le o lume sălbatică enormă din care făceau și ele parte acum: un port interior, înconjurat de dealuri nedesțelenite, acoperite de iarbă-neagră, care lăsa loc unor păduri de arbori de ceai și păduri tropicale, o lume unduitoare, în toate nuanțele de verde, care se înălța spre munții acoperiți de zăpadă, unde nu călca picior de om. Când avionul minuscul s-a echilibrat, Anna i-a văzut umbra peste pădurile de dedesubt, un strop de cerneală care se rostogolea pe o foaie de hârtie.

Dumnezeule mare, a exclamat Henny Carnevale, parcă am fi la capătul lumii.

Vara avioane ușoare aduceau turiști aici, iar proprietarii de iahturi mai temerari ajungeau până în port. Însă marea și vânturile erau prea violente la început de primăvară, vremea era prea urâtă, drept care zile și uneori săptămâni la rând nu apărea nimeni; când avionul a plecat, lăsându-le cu proviziile pe pista improvizată, Anna și-a dat seama că erau singure acolo, la Port Davey.

Peste şase zile un avion a luat-o pe Henny Carnevale, suspectă de pietre la rinichi, lăsând-o pe Anna singură, cu doar o jumătate din punga cu marijuana a lui Henny şi promisiunea unei înlocuitoare cât mai curând posibil.

Vremea s-a înrăutăţit imediat, vânturi puternice din sud-vest, motiv pentru care nici un avion nu a putut să o aducă pe înlocuitoarea promisă.

2

Tot ce trebuia să facă Anna, de două ori pe zi, era să verifice cuiburile. Se ducea cu o scară mobilă la fiecare cutie fixată în copaci sau în vârful unor stâlpi plasaţi strategic. Se urca pe scară şi, privind printr-o deschizătură, verifica fiecare cuib. Misiunea ei era să consemneze numărul papagalilor întorşi şi, ulterior, ouăle şi puii.

Dar nu era nimic de consemnat.

Chiar dacă octombrie fusese luna cea mai tristă, acum era noiembrie, la două săptămâni de la ultima dată când se întorseseră păsările în trecut. Fiecare cuib inspectat de Anna era gol, cum îl găsise la venire.

Nici un papagal cu burta portocalie.

La capătul a două ore de inspectat cutii goale, Anna a ajuns la ultima, la care era şi cel mai greu de ajuns, s-a uitat în jur şi a găsit un loc mai plat pe care să sprijine scara.

A făcut un pas înapoi, a aprins o ţigară cu marijuana de la Henny, pe care o răsucise la micul dejun, a ridicat de câteva ori din umerii înțepeniți, s-a relaxat și a cuprins cu privirea minunea improbabilă, nemărginită, a câmpiei și a munților.

După ce a terminat țigara, a urcat pe scară până la ultima treaptă, nesigură, mai să cadă. A ridicat clapa cutiei, prinsă în balamale, și a privit prin gaura mică în întunericul dinăuntru. Până i s-au obișnuit ochii. Spre surprinderea ei, încet-încet a prins contur aceeași fereastră prin care mama ei văzuse cândva vrăjitoarea și îl văzuse și pe Constantine.

A simțit un junghi în inimă. A auzit un duduit tot mai puternic. S-a cutremurat. Scara a început să se clatine. A întins o mână ca să se echilibreze, dar mâna i-a trecut dincolo, de parcă fereastra ar fi fost deschisă. În clipa aceea, fără ca cealaltă mână să prindă o treaptă, Anna și-a pierdut echilibrul.

3

A căzut în față, după mâna vârâtă în gaură și prin fereastră. Fără să se sperie. O rostogolire ușoară prin tăcere, ceva între nemișcare și mișcare. Căderea părea că nu se mai termină. Dar, în clipa în care era să se zdrobească de pământ, corpul ei s-a arcuit din toate puterile și Anna a început să zboare.

4

S-a trezit pe un podiș acoperit cu landă alpină, cu frunze delicate și flori gingașe, un covor de o frumusețe stranie. Soarele, jos acum, despărţea cu o rază ruginie cerul ca de cerneală de un lanţ de munţi îndepărtat, într-o lume altfel liniştită. Dungi de umbră şi lumină brăzdau podişul, dând la iveală mănunchiuri de culori strălucitoare, roşcat, negru şi verde. Dedesubt, o întindere de apă, Port Davey din câte îşi dădea ea seama, lucea din când în când, de parcă ar fi fost luată prin surprindere de lumina jucăuşă.

5

De-abia atunci a văzut, nu foarte departe, un tânăr chipeş, cu mânecile suflecate pe braţele lui musculoase, în picioare, într-o căruţă, cu frâiele în mână. Era Gus! – Gus, refăcut ca prin farmec, cu toate la locul lor, cu faţa întreagă, cu amândoi ochii. În căruţă, în spatele lui, i-a recunoscut pe Terzo, Ronnie şi Horrie, stăteau jos, vorbeau şi râdeau. La un moment dat au ridicat privirea, au văzut-o şi i-au făcut cu mâna, chemând-o. Dar, când a dat să pornească înspre ei, şi-a dat seama că nu poate. Era paralizată. Vino! Vino! strigau cei patru, însă, oricât de mult se străduia, nu se urnea din loc. Strigătele familiei creşteau în intensitate, devenind tot mai insistente. Vino cu noi, Annie! Corpul ei însă nu voia să se mişte, iar ea nu putea face nimic.

În cele din urmă, Gus s-a aplecat spre ceilalţi, le-a spus ceva cu voce scăzută, s-a îndreptat de spate şi, întorcând caii şi căruţa, a pornit în direcţia opusă, ceilalţi urmându-l pe jos.

Mult după ce au dispărut dincolo de un deal din depărtare, Anna încă se mai uita după ei, incapabilă să-i urmeze, ca o stană de piatră.

6

A auzit un pocnet în spate. S-a lăsat o liniște neașteptată – apoi alt pocnet, parcă mai aproape de ea, iar când un al treilea a ricoșat dintr-o stâncă aflată la câțiva pași, Anna a înțeles că cineva voia să o împuște. Aerul răsuna de împușcături și, în timp ce gloanțele smulgeau bucăți de mușchi, din ce în ce mai aproape, Anna și-a încordat fiecare părticică din ea ca să se miște. Cu un efort atât de dureros încât părea că vrea să o sfâșie, un picior s-a eliberat pentru ca, o clipă mai târziu, să se elibereze și celălalt. A pășit poticnit, cât pe ce să cadă, apoi, găsindu-și echilibrul și simțind o forță neașteptată, a început să meargă mai hotărât, să întindă pasul și apoi să alerge după Gus și familia ei în timp ce gloanțele cădeau ca o ploaie în jur.

A iuțit pasul, vârând capul între umeri, alergând în zigzag ca să evite gloanțele și, folosindu-și brațele și mâna ca să nu cadă, la un moment dat mersul i s-a prefăcut în salturi, tot mai lungi, iar mâna și brațele în labe, ca la animale. În vreme ce crengile îi zdrențuiau hainele și o lăsau fără ele, Anna se acoperea de o blană dungată devenind o tigroaică tasmaniană[1] cu un pui de-abia născut în marsupiu, sărind tot mai repede.

---

[1] Marsupial carnivor, o specie dispărută acum (n.tr.)

Dar gloanţele nu încetau să vină peste ea, era inexplicabil, unul i-a rupt marsupiul şi i-a omorât puiul, era acum singurul exemplar, tot ce mai rămânea în univers din specia ei, iar puştile continuau să tragă în ea, Anna alerga atât de repede încât, la fiecare salt, tot mai lung, simţea mai puţin pământ şi mai mult aer, până când a început să se ridice spre cer, zburând, apoi plutind, un vultur cu coadă lungă, dar împuşcăturile nu încetau; rostogolindu-se la pământ, se ascundea în pâraie de munte îndepărtate, prefăcută într-un rac împlătoşat uriaş, acolo oamenii nu veneau pe furiş cu puştile, ci făcând mult zgomot, în maşinării care doborau, curăţau de crengi și de scoarţă un copac dintr-o singură mişcare, ca pe un ştiulete de porumb, ca pe o scobitoare, și puneau la pământ o pădure întreagă, de parcă ar fi avut de-a face cu nişte firimituri de pâine sau fire de praf, până când din malurile înţesate de arbori tropicali, ca puful de moi, blânzi ca o mângâiere, rămânea doar haos – pământ răscolit, bețe arse, alunecări de teren și inundaţii, iar ea se îneca în nămol dar scăpa ca diavol tasmanian care rupea dintr-un hoit de pe un drum lăturalnic. Un bărbat chipeş a văzut-o la lumina farurilor, a zâmbit şi a accelerat. Era un marsupial pătat, un oposum, o şopârlă, un păianjen. Și cu fiecare metamorfoză Anna era ultima sau aproape ultima din specia ei.

Se temea să nu anunţe cumva sfârşitul lumii.

Zborul ei era însă o forţă vitală căreia nu i se putea opune. Anna era mirt. Anna era un pin-creion. Era *richea* și *scoparia* și planta-pernă, dispărând una după alta, era mușchiul de pe copaci; devenea toate acestea pe rând, fusese toate acestea dintotdeauna, fără să știe, totul, toată lumea din ea, totul, tot ce dispărea odată cu ea – împușcat, tasat cu buldozerul, transformat în cherestea, extras din mină, dezvoltat, otrăvit, sufocat, bătut, ars.

Nu exista un limbaj al suferinței sau al pierderii care să exprime toate acestea. Nu era nimic era totul nu era nimic.

7

Încerca să alerge și mai repede, dar nu reușea. Cuvintele se prăbușeau, rostul lor de a transmite un înțeles inutil în fața a tot ce se întâmpla.

Și înțelegea că nu fuseseră alungați din Rai, ci ei alungaseră Raiul din ei înșiși, fără cale de întoarcere. Prea târziu își dădea seama că Raiul fusese mereu aici, la îndemâna ei. Dar mergea înainte, clătinându-se, mișcarea ei măsurată în anotimpuri secole eoni, ca iarba alpină, ca lichenii vechi de o mie de ani, ca un microb, ca un spirit care se putea întoarce ca avertisment peste un milion de ani.

A călcat strâmb și a căzut. A încercat să se sprijine într-un braț, însă bruma de energie, de rezistență, viteza de reacție dispăruseră.

Și-a dat seama că era prinsă într-un păienjeniș de celulită și carbon, transformată de-a lungul mileniilor într-un organism de serie care supraviețuia focului, epocilor glaciare, ravagiilor timpului și accidentelor biologice. Dar de data aceasta, pentru prima dată, nu mai exista posibilitatea regenerării.

8

Totul dispărea în jurul ei ca într-o povestire fantastică: peștii, păsările, plantele, toate se duceau sau erau pe punctul de a se duce. Și nimeni nu observa, măcar pentru o clipă, iar viața continua până dispărea și ea. Crescuse, înțelegea prea târziu, în toamna lucrurilor, o lume extraordinară - vechile păduri tropicale, râurile sălbatice, plajele și oceanele, păsările, animalele și peștii, pentru ea toate erau o cale spre libertate și transcendență, pe când toate erau - o vedea de-abia acum - doar o minune efemeră ce urma să dispară atât de curând, lăsând în urmă, pentru scurt timp, ființele umane. Doar pentru scurt timp. Oamenii nu puteau supraviețui singuri, în afara minunii - cine ar fi putut? –, așa că și ei urmau să dispară.

Curând avea să rămână numai prundișul umed, în care se vor vedea, pentru scurt timp, pete de scrum, efemere precum disperarea. Apoi, după un alt timp, aveau să dispară și ele sub straturile de pământ, pietre și praf, un cordon extrem de subțire în jurul planetei, dovada unei catastrofe fără precedent rămasă în resturi fără noimă, scrum și plastic.

Apoi nimic.

9

În salon, Francie inspira și expira, aparatele schimbau un lichid cu alt lichid, un gaz cu alt gaz, un medicament cu altul, și astfel, mult timp după moartea Annei, mama ei continua să trăiască.

Va trăi mai mult decât planeta, a spus o femeie de serviciu ridicând ochii de pe găleata cu mop.

Lângă pat stătea singurul fiu care-i mai rămăsese, un bărbat îndesat, între două vârste, care i se recomandase la ultima vizită, însoțit de nepoata lui de nouă luni, pe care se străduia răbdător să o distreze cu o plasă plină de păpuși, cărți cu poze și jucării. Bărbatul se bâlbâise la început, dar ceva se schimbase și, în ultima vreme, deși vorbea puțin, parcă nu se mai bâlbâia. Din când în când femeia de serviciu îl auzea, ca acum, vorbind încet cu femeia bătrână, ca o șoaptă prelungă.

Du-te cu ei, mamă, spunea el, acum te poți duce totul s-a uitat timpul ne-a uitat timpul a uitat patul ăsta și fereastra și vrăjitoarea l-a uitat și pe Constantine a uitat până și sentimentul ăsta dacă pleci du-te cu bătrânii Francie du-te să-l auzi pe Ronnie cum râde să-l vezi pe tatăl tău cum ară pământul roșu care se deschide ca un dar cum îngenunchează tatăl tău povești despre noi povești despre miracole povești despre păsări povești despre soare și culoare și lumină acum poți să te duci cu ei mamă te așteaptă ne întâlnim acolo. Poți pleca, îl auzea ea șoptind. Faci bine.

În timp ce femeia de serviciu îndrepta găleata cu piciorul și se sprijinea în mop, bărbatul își continua incantația, cu voce scăzută, calm, liniștitor. Femeia îl privea cum îi vorbea bătrânei, îl privea cum se purta cu fetița, tandrețea față de mama lui, grija față de fetiță, cât de atent era cu ele, și toate acestea o impresionau. Bunătatea lui o impresiona. Bărbatul îi spusese că urmau să-l viziteze pe tatăl fetiței - fiul său. Și el era internat, la secția de boli psihice. O spusese pe un ton firesc, fără să se rușineze. Povestea lui - pe care i-o spusese pe scurt în altă zi - era simplă. Mama copilului respinsese copilul; mama era grav bolnavă, avea schizofrenie, în genere se purta normal, dar în ultimul timp, poate din cauza fumului și a disparițiilor, era foarte deprimată; poate se va simți mai bine, cine știe, a zis. De aceea, pe moment, el trebuia să aibă grijă de fetiță până când unul dintre părinți sau amândoi erau gata să o ia acasă. Dacă nu, o creștea el până se făceau bine.

Femeia de serviciu a spus că fetița avea mare noroc.

Bărbatul nu era chiar atât de sigur. Spera doar. Tot ce știa era că, alături de ea, uita de tot ce nu voia să simtă, de toate lucrurile la care nu voia să se gândească. Poate, a spus el, în timp ce fetița i se așeza mai bine în brațe și adormea, poate eu sunt cel norocos.

Atunci, aducându-și aminte că mai avea de făcut curat în alte opt saloane și că schimbul ei se termina curând, femeia de serviciu s-a apucat din nou să dea cu mopul.

10

Mai târziu au venit un medic și două asistente. Medicul i-a vorbit calm fiului, care nu a spus nimic, doar a înclinat din cap, s-a ridicat în picioare, cu fetița în brațe, și s-a îndepărtat de pat.

Fiul a privit cum asistentele opresc aparatele unul după altul. A privit cum, încet, în tăcere, au scos perfuziile și cateterele din carnea bătrânei. A privit cum i-au scos tubul din gură, tubul prin care era hrănită, și, la sfârșit, cum i-au luat masca de oxigen de pe față. Și a înțeles că pânza de păianjen care o învăluise pe bătrână atâta timp dispăruse. Tot ce mai rămânea era o singură perfuzie, cu fentanyl.

Toți stăteau nemișcați și, privind-o, ascultau.

Femeia respira.

Medicul s-a uitat peste medicația prescrisă. A desprins tăblița din capătul patului și s-a uitat la ceas, a cărui curea roșie, a remarcat fiul, era prea strânsă și-i intra în încheietura cărnoasă. Medicul a tras câte o cruce mare pe fiecare pagină, a semnat dedesubt și a trecut ora.

Iar când a prins tăblița la loc, fiul s-a mirat de ce medicul nu-și slăbea cureaua roșie de la ceas.

A urmărit cum aparatele erau oprite, unul după altul. Cum zumzetul și bipurile infernale încetau. Cum zgomotul surd, nefiresc, dispărea din încăpere, iar locul se umplea de liniște.

Mulțumesc, a spus fiul. Mulțumesc.

A privit cum una dintre asistente stingea luminile în timp ce cealaltă trăgea peste gambele prea ofilite ca să le țină în loc șosetele albe, de compresie, ale bătrânei, lungi până la genunchi. A privit cum prima asistentă netezea cearşafurile, iar cea de a doua îi aranja bătrânei pernele sub cap ca să stea mai bine. A privit cum amândouă îi îndreaptă cămaşa de noapte şi cardiganul roşu din lână. A privit cum îi spală uşor faţa cu buretele şi cu mişcări aproape imperceptibile o pieptănă, alcătuind din puţinele fire un fel de nor, de parcă altfel s-ar fi fărâmiţat.

Când au terminat, asistentele şi medicul au făcut un pas înapoi. Mulţumesc, a spus fiul. Arată bine. Mulţumesc.

După plecarea lor, fiul s-a aşezat la loc şi a luat mâna învineţită a mamei în mâna lui. În încăpere era o linişte deplină.

Francie respira tot mai repede şi, din când în când, se oprea. Părea calmă. Fiul încerca să respire odată cu ea. O asistentă a revenit şi l-a întrebat dacă dorea ceva – ceai, cafea, biscuiţi?

Fiul a spus că nu dorea nimic.

Dar fetiţa?

Fetiţa dormea, visa.

Fiul a rămas acolo până s-a întunecat, încercând să respire odată cu ea, copilul dormind pe genunchii lui, până când şi-a dat seama că respira singur. A rămas nemişcat o vreme întrebându-se de ce medicul nu-şi slăbea cureaua roşie de la ceas. În cele din urmă s-a ridicat în picioare. Sprijinind capul fetiţei adormite pe umărul lui, s-a aplecat şi a sărutat obrazul bătrânei.

Tommy a rămas aşa, cu faţa lipită de faţa lui Francie, mai bine de un minut, faţa copilului aproape de fețele lor. A inspirat mirosul amestecat, de animal sălbatic, al nepoatei lui și mirosul greu, rece, închis, al mamei moarte.

Singurul zgomot era ploaia care bătea în geam.

Adunându-se, s-a ridicat în picioare. O vreme a privit în gol, și, când copilul s-a trezit și a început să se foiască, a plecat.

11

Lisa Shahn și-a desprins privirea din întuneric, a coborât cele șase trepte de la cutia-cuib și a pliat scara.

S-a întrebat dacă pasărea era acolo când sărmana voluntară, evident o femeie ciudată, avusese un atac de cord și se prăbușise la pământ, moartă, potrivit medicilor, aproape pe loc. Probabil fără să-și dea seama de nimic.

Cerul era negru-albastru, peste tot era atât de mult negru strălucitor, brusc, extraordinar de viu. O ploaie ușoară cădea sub soarele de primăvară. Lisa Shahn simțea forța picioarelor pe sub pantalonii umezi, lipicioși, o senzație plăcută. O rafală de vânt dinspre sud-vest i-a adus mirosul Oceanului Antarctic, un amestec jilav de sare și turbă, pe care l-a tras în piept, adânc. În clipa aceea simțea absolut tot.

12

Pasărea minusculă, verde precum speranța, de-abia sosită, cu ochii negri, minusculi, strălucitori precum stropii de cerneală, a ţinut capul sus până s-a asigurat că singurul ochi, uimit, al femeii tinere, care se uita în întunericul cuibului, a dispărut.

Şi-a zburlit uşor penele pufoase, lăsându-se când pe un picior, când pe celălalt. S-a înfoiat brusc, apoi, îndoind picioarele, s-a lăsat pe burta portocalie, hotărâtă să se odihnească.

13

Fără să stea prea mult pe gânduri, Lisa Shahn s-a lăsat în genunchi, afundându-se uşor în noroi, şi, aplecând capul, a aşteptat acel moment în care universul ar putea vibra în ea, în afara ei şi prin ea, acel univers care, după cum înţelesese, era şi al ei. Acel dar imens, recunoştinţa fierbinte. Puterea femeii în lume, puterea lumii în femeie. Stătea îngenuncheată, aştepta. Era gata. Nu era, spre uimirea ei, nici descurajată, nici înfrântă.